NEXT STOP, WAIT FOR ME

下一站 等我

张庆龙 \著

用尽世界的所有语言，
也不能弥补我们分离的忧伤。
下一站，若我们相遇，等我，好吗？

中国文联出版社
http://www.clapnet.cn

图书在版编目（CIP）数据

下一站，等我 / 张庆龙 著. –北京：中国文联出版社，2015.8
ISBN 978-7-5190-0315-9

Ⅰ．①下… Ⅱ．①张… Ⅲ．①长篇小说－中国－当代
Ⅳ．①I247.5

中国版本图书馆CIP数据核字（2015）第217173号

下一站，等我

作　　者：张庆龙			
出 版 人：朱　庆			
终 审 人：奚耀华		复 审 人：姚莲瑞	
责任编辑：陈若伟		责任校对：晏一群	
封面设计：杜林枫		责任印制：陈　晨	

出版发行：中国文联出版社

地　　址：北京市朝阳区农展馆南里 10 号，100125

电　　话：010-65389144（咨询），65067803（发行），65389150（邮购）

传　　真：010-65933115（总编室），010-65033859（发行部）

网　　址：http://www.clapnet.cn

E－mail：clap@clapnet.cn　　　　　chenrw@clapnet.cn

印　　刷：河北信德印刷有限责任公司

装　　订：河北信德印刷有限责任公司

法律顾问：北京市天驰洪范律师事务所徐波律师

本书如有破损、缺页、装订错误，请与本社联系调换

开　　本：880×1230mm		1/32	
字　　数：138千字			
版　　次：2015 年 10 月第 1 版		印　　张：8	
书　　号：ISBN 978-7-5190-0315-9		印　　次：2024 年 5 月第 2 次印刷	
定　　价：46.00 元			

序

窗户以外是什么？

很多时候，那些与我有关的、无关的，或时有关联的大大的世界里，它装着许多所以然，装着空洞的充实，装着烟火的荒芜，包括以具象形式存在的难以名状的已知和未知的真实；我几乎用了全部的知觉去抵近它们，去捡拾尘埃中熹微的薪火，去发现残垣断壁中莹莹的闪烁。我从这个路口到下一站，从下一站出发到另一个站台，每当站台上开满银色的月光，我知道，这又是一程美丽的相约。我置身其中，找寻自己，却又丢了自己。

我说我孤独，并不寂寞。但，所有知道我的人，都说这只不过是一个文青的托词，充斥着标榜的刻意和做作的新奇。我笑笑，依旧说，我很孤独，但我从不寂寞。我有我演绎的角色，我有编排小说得来的稿酬，还有我心爱的"路虎"。我有许多人没有过的文字里的疼，它们成了我生活的全部。如果生命可以重新赋予，那便给它们好了，我的躯壳受我驱使、供养，那便好。

于是，我除了成年累月地四处游荡外，更多的时候，会选择一个寂寞的地方享受我美丽的孤独，去一些值得我发呆的有阳光味道的，最好有水草飘零的水域，静静地打发不再执笔时的慵懒心情。只有当我银行卡中显示余额为三位数的时候，才会理性地再一次回到原点，然后继续拼命在虚拟的世界里凑足下一次的旅行食粮，再一次出发去远方，去下一站的路口，某个向往已久的地方。

只是，这一次的旅行与上一次的归来相隔了整整一年零三个月，有些意外的相遇阻碍了我的步伐，我在这一年中甚至想过放弃我孤独的坚守，是不是该结束一个人的旅行，以牵手的姿态踏上月台，不管左右来去都好。我努力了，但，我依旧孤独着。

婉余要将我的机票延至 28 日，我拒绝了。我自己在电脑上购买了去桂林的火车票，行程未变，还是 27 日下午17：00出发。

　　不过，这之前我得先将"路虎"安顿好。这家伙很难伺候，除了我，就只有寄托到宠物中心。这是个让人放心的地方，不仅有专人专业护理，更重要的是每一次离开，"路虎"都是以这里为家。别处，没人收留它。它野性，它是我一直的伴，陪了我五年，如果所有人都可以弃我而去，但"路虎"不会，这就是人与狗的区别。

　　我为它洗了一个热水澡，精心梳理了它稀疏的毛发，超过我打理自己头发时的耐心。在最后的烘干中，有幽香暗涌，"路虎"很温顺，但躁动着不安。每一次出行，我都是这样打扮它一番，所以，这就成了我离开它的前奏，它心中或许难受，又不得不接受。有时，我也很佩服我对"路虎"的爱，和它一样的忠诚和坚贞。那些从我生命中路过的人，都说我爱一只狗胜过爱她们，她们有"路虎"的无怨和真诚吗？

　　到了佳佳宠物中心，却意外发现中心大门紧闭。店面小字条提示：家中有急事，要下月3号才能回来。这一下我懵了，"路虎"怎么办？时间无法再推了，退票预示着几万字的辛苦努力又该泡汤了。看着耷拉着耳朵的"路虎"，片刻思考后，我决定先将它寄养在婉余家，等宠物中心开门后再叫婉余送去。

　　无奈之下打通了婉余的电话，婉余正在首饰店中忙活，听我的土狗要去她家待几天，除了愤怒，估计就差当场敲碎我的脑袋了。反复磨蹭了几个来回，婉余终于答应了我的无理请求，收留了"路虎"。放下心来，我花了半天时间整理好行囊，除了一些出行必备品，就是几本打发时间的闲书。27日15：00的时候，婉余开着车，接上"路虎"，然后再将我送去火车站，我回头的时候，"路虎"正在窗内，一直吐着舌头，看向远方。

我又一次开始了旅行。下一站，何处？

写在去桂林的列车上，权作序

张庆龙

目　录

第一篇　人约黄昏后

黄　昏

风，从很远的地方吹来

途经了祖辈、历史、东南西北

在一截低矮的炊烟里，解读生命

晚霞，从心底飘散

蔓延过天空、大地、湿润的眼睛

在一首诗歌里，两情相悦

牧笛声，从暮归老牛的脊梁上响彻

惹欢了乡村、池塘、嬉戏的孩子们

在一幅画卷里，生生不息

1

> 用尽世界所有语言，也不能弥补我们分离的忧伤。
>
> ——《周渔的火车》

火车穿梭在隧道中，留下一段富有节奏的叫嚣声，轰隆隆，轰隆隆。这是摩擦的嘶喊，轨与轴的必然结合，充斥着抵制的推挡，又在排斥里契合融入，离开了谁，彼此都无法独立存在，一切也显得无意义了。就像男人和女人，明明是一组矛盾的生物体，纠结着、纠缠着，却从来离不开彼此。

我乘坐的火车，以慢摇的微颤行进在长长的夜色里。上车已经五个小时了，从与"路虎"挥别到现在，我没有一丝疲倦，即使在这鼾声四起的气氛中，我依旧毫无睡意，当然，也只有我一个人知道我特别的精神。这样的子夜，车窗外面，仿佛墨一般在流动，漾开着一点点清冷和寂寥，隔三差五地冒出一两朵微弱的灯火，始终一闪而过。

闷热躁动的空气，让我无法适从，于是找了一个略微干净的车厢连接处，去避避烟尘气。此时，火车刚好穿进洞子，一声长长的突兀的低鸣拉起，一阵风呼啸着从缝隙里钻进来，我猛一阵颤栗，裹了裹身子，冷噤油然而生。窗外偶尔出现的星星点点的灯光，慢慢地袅动，散开一丝丝暖。外面是一方黝黑的潭，深深的，只有机器一直轰隆隆地不停喘息。我寂静地享受它，吐着蓝色的烟圈子，一圈圈地。拥有过，才知道它的奇妙，一个人的旅行，让我不得不相信我的抉择是多么英明神武。

其实，我知道我不是一个出色的男人，无固定工作，没车，没存款，没样貌，没朋友（婉余除外，她是我发小，一个没心没肺的铁哥们）。父母留下的两室一厅，好歹让我贴上了有产阶级的标签。我全部的财产或许都在脑子里，取之不尽，用之不竭。我是一个写故事的男人，构思描绘出各式各样的情节，然后以书本或网络文学的形式取悦口味相投的大众读者，这成了我生活的唯一经济来源，我也有一批铁杆的粉丝，捧我发热，一直不离不弃。我却很少现身公众场合，我不善言辞，这缺点一直是我的硬伤，以至于我在交往过程中，常常占据被动的地位。在爱情里，我总是一个善于倾听的哑巴，一个大部分时间都保持沉默的男人。

就因为这个，她们一个个离开了我，从此杳无音讯，没有人会在乎一个穷光蛋，一个少言寡语的写书人。直到她的出现，我才觉得自己是被重视的，因此改变了 36 年来的生活作息，包括散乱的思维、牵强的微笑，我都一一地尝试过。我甚至一改不穿西服的倔强，破天荒地为了陪她参加朋友的婚礼而置办了一套行头。崭新笔挺的西装，松软的发型，标准的身材，为的是让她在朋友面前能挺直腰身。除了我的职业外，我在她面前都很好，她说她喜欢惜字如金的男人，也喜欢我黑夜里点燃的烟火，有她迷恋安心的宽厚。但是，她依旧成为了离开我的第七个女人，在我们即将体验新生活的时候，她没有留下一句话就悄然无声地消失了。我整整关了自己5天，这5天里我断绝了与世界接轨的任何联系，直到胡子茂密如草，我吐了吐气，和婉余敞开肚子喝了一夜的酒，然后继续我的写书人生。

她虽然离开了，但不可否认，她是我一生中遇见过的最婉约的女子，她对我的好，即使我用全部的生命也无以回报。她说她喜欢桂林山水，喜欢那里的山歌，喜欢那里澄澈的一汪清泓。于是，桂林就成了我心中的一个梦，她存在与否，陪伴与否，我都会去触摸这片美丽的净土。只是，当我在去桂林的火车上，她却不知身处何方？

在《周渔的火车》中，诗人对周渔说："她像一团流动的水汽，没有形状，难以言喻，不经意的舞蹈，逐渐淹没了我，淹没了夜晚，也淹没了她自己。"那个如青瓷般美好的女子，在诗人的眼睛里找寻到了自己的影子，自己的梦，甚至打动了自己。可是，她却活生生地忽略了青瓷易碎的特性，最后梦变成了碎片，再也粘合不起当初的模样。

我也是诗人，但我不知道她是不是周渔，我只知道我敏感而纤细着，忧郁又积闷着，我从她的身影里一度找到童真，有一双像妈妈的双手，柔腻地拂过我的额头。不过这一切却在一夜间消失空空，没有一个理由和事变的前奏。

火车从泛白的天际中驶向那一方山水，空气显得越来越潮湿，我也越来越清晰地嗅到了漓江的水草味道，它有着春日的舒展，一尾尾地在碧波中自由荡漾。我的不知倦乏，也让我没有错过南国独有的清丽风景：随风飘荡的油菜花、美轮美奂的喀斯特地貌，以及掩映在石灰岩高处的曲挺之树，一一展现在眼前。

桂林，我来了。

不远处，那便是我的梦吗？

2

小时候，看着满天的星斗，当流星飞过的时候，却总是来不及许愿。长大了，遇见了自己真正喜欢的人，却还是来不及。

——《停不了的爱》

　　抵达桂林的时候，苍穹里有星斗，虽然不是漫天那么多，但也是颗颗晶莹闪烁的模样，在流动的银灰下，我不用望天，不用数星辰，它们也一直陪我走。桂林的晚风，湿润润的有着稠密的雾气，空气却新鲜，我的发梢在夜色中，生出一股潮，很温润。自我踏上这个城市的那一刻，便爱上了这独有的温润，让人毛孔无由来地放松。

　　如果住宿不选择在漓江近处，倒枉来这一遭了。打定主意，便挥手招来一辆出租。师傅是一个个子不高的中年男人，他敏捷地下车，从我手中接过行李箱，很客气地小心置于后备箱中，关上后再检查是否妥当，最后招呼我上车。这一连贯的熟练动作，为深沉单薄的夜色平添了融融的暖意，一下子扯动了我心灵深处的某根弦。许多年了，不管是在自己的城市，还是在异乡的走走停停中，我都孑然一身，从茫茫人海中来，又消失在人头攒动中，从来没有停下过。但这一刻，我很想时间跑得慢些。

　　世上有一种温暖只能亲人给予，那是我失去多年的保护伞，它让我产生了对人群的疏离，习惯了索然风中。我知道，不是我不喜欢，而是，没有人拨弹这根弦。此时，在陌生的师傅身上我却真切地感受到了。

　　我道谢，师傅很自然地微微点了一下头，没有更多的客套。

我又说到我要去漓江边的宾馆，可是不知道哪一家适合。

师傅平实地答说："我知道一家，离漓江边既近，收费也合理，是一家私人宾馆，只是是老屋子，不知喜欢不？"

"那就去这一家，辛苦您了！"我连声道。

我不知道师傅口中的老屋子是怎么样的老法，是古典，还是沧桑，肯定是有些年头了。不过，我无比相信师傅的推荐。在当下旅游产业服务良莠不齐的现象中，凭借我的直觉，师傅是正能量的标签，一举一动，一言一行，彰显一个人的作风精神，我不会看走眼。

大街上有稀疏的灯光，零星的少有行人，偶尔也有鼎沸潮动。串串的烟火飘渺着，城市的上空荡起一层孜然香气，我不由发现有些饿，嘴中本能地咽下口水，暗笑自己还算吃货一枚，可以缺衣少穿，却不能亏待了胃口。师傅或许在倒车镜中瞥见了我的馋样，便道："桂林的风味小吃很多，住下来慢慢地品尝，这夜里的小吃店也丰盛，都别错过了。"

我说："好，一定慢慢尝尝。"其实，我现在就想品尝了，只是师傅提及的老屋子还没到，只好苦挨着。

车缓行到了一道越来越窄的路上，师傅说："再有三分钟就到了，前面就是。这一路挺辛苦的吧？"

"还好，一路观光，风景不错。"我的声音中有些喜悦，总算到了。

车稳稳当当地停在一条寂静的巷口，斜斜的灯光映照在半掩的门上，影影绰绰地有些晃动，略显深沉。桂林的风很清凉，也很多情，没有停歇地抚摸天空的脸，温柔而细腻，包括这城市里的一切生命，都成了它爱抚的对象。

橘红探进门中，我从微闪的光影中看见了铜色的门扣，有些心动，禁不住跳下车。师傅在我打量走神的瞬息间，已经将行李从后车厢中搬到空旷处，然后三步并两脚，接着将行李再次移到这间小旅馆的门里。我顺着师傅的背影，踩着脚跟了进去，眼前亮开些，一位30多岁的年轻男子正聚精会神地盯着视频，见人进去，嘴角扯起，微笑着站起来，忙问："两位辛苦了，是住标间还是单人间?"师傅连忙答道："这是从外地来的朋友，他一个人住店，最好给他安排临江的房子。"

年轻人会意说："没问题，正好今晚刚腾出一间临江的单人间，在二楼的最里间，您看行吗?"

我从打量屋子中回过神来，当即说："行，就那间吧。"

收拾停当的时候，窗户外，远处的灯光星星点点地慢慢多了起来。折腾了一夜，睡眠被驱赶跑，我伫立在窗前，迎着最早的晨风，飞了出去。一个人的世界，大多住着两个人的童话，承认与否不重要，重要的是这个时候，这个即将守候的光明里，时间是停止的，心是空老的，被压抑的情感也喷薄而出。在桂林的第一个晚上，在这样的一个古朴的充满着苍老气息的老屋子里，我又想起了她，那时，我还没来得及对她说："我喜欢你！"

当星星坠落到漓江中，是否有破碎的晶莹划破今夜的雾水濛濛。我的佳人她没有在水一方，她在何处？

3

如果你不出去走走，你就会以为这就是世界。

——《天堂电影院》

活在城市的藩篱中，城外的人拼命地拥挤进来，城里的人要命地丢盔弃甲。但实际上城里的人是不能动弹半分的，而流动大军却一寸寸地占领着一个又一个城市的大街小巷，他们努力融进繁华，融进潮流，融进都市的血液里，证明着他们与时俱进的革命态度。

这时代，不与时俱进的，我算其中一份子了。

我是一个特立独行的人，很少有羁绊的时候，一直以来，享受着一个人的独立空间。

　　而这个空间，只在我的笔下适度地开放。能读懂我的人，我想他们都很寂寞，比我的孤独还寂寞的一群隐形人。不过，她似乎除外。孤单和孤独与她没有半分瓜葛。我想，如果她置身于漓江的对岸，是不是宛若一朵灯火，除了暖，还有诱人的色泽从未央中泛起。

　　她如水般，我这样想她。

　　这世界，没有人能抵得过思念的泛滥。我愿意它泛滥，证明我曾经真实地爱过。我说过我的故事里都是游戏的曲折，一层层通关，一层层的又峰峦叠起，这就是我的生活和现状，每一个路口都有意想不到的悲伤、惊喜和意外交错。

　　我希望有许多出人意料的奇迹。比如，我希望此刻从天微亮里，从远山含露的青黛中走来一个熟悉的身影，马尾辫在风中特别的翘起。

　　城市的藩篱，倒不是处处都如圈圈，至少桂林不是。

　　桂林的清晨，是从几声单车铃声中苏醒的，远远地渐近而来，轻脆脆地打破微薄的晨曦。我在二楼上往下眺望，城市的脉搏极速膨胀起来，一阵清凉袭来，拂在我的肌肤上，滑凉滑凉地入骨，我披上一件外套，轻轻掩上门，下了楼。

　　楼下的前台，已经有了一个娇小的身影正俯下身寻找着什么。她扎着疏松的马尾辫，面庞清秀白皙。

她抬眼看见我，露出一排皎洁的牙齿，腼腆地笑了笑，说："这么早就出去吗？"

我"嗯"了一声，没有表现出过多的情绪，但心里其实是温暖的。

出门的斜对面，是一排小门面，门面上是老式的房子。有一间门开着，门前背坐着一两个人，屋子里有热气冒出来，这估计是一个早餐馆。我没打算现在去就餐，于是顺着不太宽的刚好可以通车的路面往外走去，零星的人擦肩而过，单车的嘀铃铃声依旧极远极近的。

巷子并不是很长，两三分钟就出了巷口，眼前豁然开阔起来。一阵雾气从前方扑面而来，我顺势吸了吸鼻子，有一种通畅的感觉。这样的早晨，都是濛濛而清新的，有一种别于其他城市的空，但又有些微潮湿的干净。

我往左拐。我一直喜欢往左的方向，选择出行，便经常会有这样潜意识的举动。

看来，我的选择是正确的。我在前行的路途中闻到了清风的味道，凉凉地渗入心脾。一般的城市，早晨的街道虽然干净，空气流转，但并不洁净，吸入肺里不惹人喜，不像桂林的晨风，人们会不自觉地迎向它，吸纳它，愿意和它融为一体。

时有几个矍铄的老人从身边漫步而过，也有略显沉稳的中年男人匀速地小跑着，非常规律地摆动手臂。我没有见到年轻的孩子们跑跳过来，倒是有背着大包的小伙子走过，他的脸上不见风霜，不知道是如我这般的行者，还是学生。其实，在这个五花八门、稀奇古怪的时代里，我不愿意去定论一件事或一个人，因为什么皆是有可能的。

就像我经历的一切，有时我自己都觉得是在梦中，但又不得不坦然接受荒谬的结果。

婉余曾说我这孤星命是上辈子坏事做多了，是我修来的因果，不管如何都得接受。我说我还没接受吗？要怎样做才算是接受？她笑而不答。

继续向前走着，路转角的地方，就是我住的小宾馆的斜拐处，这里是可以望见水湄的，此时雾气还依稀在水面缭绕，透过轻薄的空气，扑面而来。我知道，它就是多情的漓江了！

曾经的我，是母亲的儿子，是老师的学生，是女人的丈夫，是城市的过客，是有人爱过的离人。但在漓江面前，我什么都是，也什么都不是。

一切都是这样简单。

4

　　如果看过月圆的美，你会有足够的耐心等候二十九个日子，只为等那一个月圆夜。即使到那天，不幸有云遮住了她，闭上眼睛你还是能想见她在云背后的光华！我只知道，有些人不管多么如常，像空气一样的在你周围，你以为每天睁开眼睛都能见到，可是当他走了，比一场春雪化得还干净，一丝痕迹不留，你就真的除了梦里再也见不着了！

——《人间四月天》

最美不过人间四月天。林徽因曾有诗这样写道：

　　　　我说你是人间的四月天；
　　　　笑响点亮了四面风；
　　　　轻灵在春的光艳中交舞着变。

　　　　你是四月早天里的云烟，
　　　　黄昏吹着风的软，
　　　　星子在无意中闪，

细雨点洒在花前。

那轻，那娉婷，你是鲜妍
百花的冠冕你戴着，
你是天真，庄严，
你是夜夜的月圆。

雪化后那片鹅黄，你像；
新鲜初放芽的绿，你是；
柔嫩喜悦
水光浮动着你梦期待中白莲。

你是一树一树的花开，
是燕在梁间呢喃，
——你是爱，是暖，是希望，
你是人间的四月天！

四月天里的一切美丽，都在桂林生长着，它在早天里的雾中，早天里的晴川上，它也在早天里漫漫的水湄下，早天里燕子的呢喃里。

城市里没有燕子筑巢，但是云鸟在枝桠上飞窜。

我享受着漓江的第一个清晨，并不急于在一时之间便将美好看透，于是，再回寻那滴铃铃声音的去处，外衣披了一身水雾回到了小宾馆。

晨间那位点头而过的小姑娘，此时正顺着楼梯而下，扎起的马尾已经散下，齐而下肩，头发乌黑顺直。我迎面对着她，她浅浅一笑让道说："回来了啊。"

我依旧"嗯"了一声上楼了。

本来打算吃点早餐才回宾馆的，一想到吃饱后睡觉的不舒坦之感，便收起了心思，忍着饥饿的肚子，径直回来了。迟早都会品尝到漓江的风味，不急这一时。

这个四月天里，在太阳升起的最美的早晨，回头再睡一个慵懒觉，真是不可思议。可惜了千里迢迢的辛苦旅行。婉余知道了，铁定作怪一番。然而，对于砌文者，这算什么。时辰在我的手里是活的，有时赶稿一天只睡三四个小时，有时脱稿了，一次可以睡上三天三夜。婉余对于这样的行为深恶痛疾，也没少劝我。但是，这一行就这样，别人睡得香的时候我们正抠脑门子，别人西装革履参加晚宴的时候我们才开始文字跋涉，别人郊外扑蜂捉蝶的时候，我们窒息在一个窄窄的空间里，天马行空地编着故事，一派没规律的作息。

婉余从事的职业，很有品位，她在闹市区开了一个精巧的饰物店，这些饰物不是便宜货，但和所谓的名牌金器和玉器相比，还是有一定的距离。但是婉余很会经营，也有手腕和耐心，她在从建行辞职后的十年里，将这间只有6平方米的首饰店打理得有条不紊。

如今，婉余有车有房，有令人艳羡的大额银行存款。我时常说她成了金钱的奴隶，因为她虽然是成功的商人，但不为自己打算，连一个男朋友也不曾带出来给我认识。我敢肯定婉余一定经历过撕心裂肺的爱情故事，不然这些年，她为何放着这样好的条件不找，为何一直单身着？

我和婉余高中毕业后各自天涯，直到前几年才偶然相遇，两个单身汉没有碰触出火花，倒是擦出了烈火。婉余对我的教训，比我的母亲还严厉，啰嗦。这女人不是我的菜，我一见她就想躲，但是，我也只有她这么一个能待见我的人，躲她就是躲我自己，所以我没有躲。

婉余也是一位行在路上的"现代徐霞客"，一年会计划至少跑一个很有特色的地方，一去就是半个月以上。我们曾合计过要不要一起出去旅行，结果两人都以全票通过的形式否定，坚决抵制这样的危险举动。

婉余"啧啧"几声，说："从不与狼为舞。"

我说："我孤独，但最怕寂寞的富婆了。"

我们说完都大笑起来。

其实，最亲的最好的朋友，必须留些想念和独立的空间，这样友谊才会地久天长，我们还好都懂。

这家小旅馆的名字叫"忆窗客栈"，很温雅的文艺范，这也是我特别喜欢的地方。而且，房间的陈设简单大方：布艺的沙发，纯棉的被子，碎布的窗帘，甚至是台灯都有着一层布衣边缘的罩子，一切都布置出清丽的蓝色基调，也是"忆窗"独有的韵律。

忆是蓝调的追溯，窗是等待的颔首，有隐隐的疼也有淡淡的希望在其中，这是和桂林的天空接壤的颜色，一种天高云淡的惬意！

床单很柔软细腻，让我想起了那个离我而去的女人，她布置的大床总是用一层薄薄的绒绒的毯子铺在上面，很舒服的感觉。躺下去，摸着她的手腕，我便会安静地睡着。没遇见她之前，我容易在梦中惊醒，或者会不自觉地颤栗起来，这是她告诉我的。说我要慢慢地被哄着说"我在，我在……"才能安然再入眠。

我不知道在桂林，我能不能入眠，但我知道在这样的有着似她心境的屋子里，有一种神奇的力量促使我安心。

5

　　你会因为寂寞去爱一个人吗？因为寂寞，很多次这样问自己，结果内心总是反问：你会因为缘分去等一个人吗？他等过她，她也等过他，但都没有等到。如果他们能早些相识相爱，一切或许都会改变，但是爱情和缘分都不能回头。

——《花样年华》

　　这一夜睡得很沉。或许是因为我太困了。

　　从江南一路颠簸而来，一路桃红柳绿正当缤纷，但快要落季的一树梨花，也在悄然地离去。最初的时候，看到偶尔伫立在枝头的白色花朵，我以为这一季的梨花还没开过，又一想似乎时间不对吧。火车上的时候我一改不言不语的沉默，问了问对面的一位中年女子，但她也不能确定这是不是梨花，倒是一位上了年纪的瘦小老人，说这是"山樱"。我"哦"了一声，山樱和樱花有什么区别吗？

　　山樱在山峦间若隐若现，它很特别，有一种朴素的美，没有梨花那么令人疼惜的冷艳和清倨。我很喜欢。山樱仿佛也感受到了我浓浓的爱意，我在梦里闻到了山樱的芳香。

　　醒来的时候很精神，窗外大亮，拉开窗帘的一瞬间，外面清朗明丽，一抹温暖的阳光照射进来。

　　在窗边站了没有多久，我就觉得强烈的饥饿感袭来。其实，不饿才真不正常，我记得离上一次进餐至少超过 15 个小时了，这样一想，我还真是铁人了。

　　单身的男子总是不会照顾自己，想着一出就是一出。但我是一个会做菜的男人，也会品尝菜。在高中毕业后到大学期间，再到工作的那几年时间里，我都独立地做饭菜，这样既照顾了身体，又节约了成本。遇到她的时候，我变成了职业厨男，她每天从公司回来，我已经将饭菜端上了桌子，两菜一汤，荤素搭配。

　　她很喜欢我做的菜，说："精品男人就是这样，你主内，我主外。男女搭配，生活不累。"

　　我笑着敲了敲她的额头，说她瞎说，抬高自己的地位。

　　她反而咔咔地笑起来，撒娇着说道："就是就是，你能奈我何！"

　　往事不堪回首，如今，我感受到的只有饥饿。

　　我再次下楼，楼下前台正好有人退房，我从他们身后拐出去，径直去了对面的早餐馆。早餐馆人不多，有一两个吃得正香的人，感觉是当地人。我早就错过了早餐的高峰期，出来旅游的人，有的被导游催起来，有的兴奋地睡不着，还有的被走动的脚步声吵醒。我却是因为错开了旅客起床出发的时间，所以睡得安稳。

早餐馆里有四张小桌子，外面的走道上还有三张矮桌。想着外面空气好，新鲜热闹，我便选了与忆窗客栈正对的位置坐下。

老板是一位壮实的中年男子，手中握着一把零钞，估计大红的票子已经塞进了里衣口袋，这是面馆之类的早餐馆老板特有的形象。至于掌勺的，一般不是请的工人，就是老板娘居多。我猜中了，掌勺的确实是一位女子，身材微胖，也不知道是不是老板娘，但看她的神情和店面的格局，多半也是。

老板走上跟前，说这里有特色的粉，也有面条，还有馄饨，豆浆也很新鲜，问我吃什么。

我问什么是特色，他道："要不来一份马肉米粉试试？"

我道："好，就这个吧。"

老板于是望向里间屋子高呼着："一碗马肉米粉！"

我从小窗口看进去，女子抖动着竹筛子，有银色的粉轻轻地抛起来，有点诱人的模样，也许是我饿了，不自觉地咽下了一口唾沫。快点就好！这是我此时的真实想法。

桂林的第一餐，我吃得热火暖和，很满足很安逸。

6

生活就像一盒巧克力，你永远不知道你会得到
什么。

——《阿甘正传》

生活是两个人的对白，还是一个人的独角戏，或是一
群人你来我往的熙熙攘攘？

生活也许是此刻坐在漓江的岸堤不远处，在某个转角
的小楼上，有人搅动着咖啡，咖啡徐徐地有暗香袭来。他
不举杯，他抿着唇，他泅着双眼，看着楼下开始翻滚的形
形色色，而四面八方的格格不入也成为他的窗户之外，或
有或无的存在。

爱过他的人，据说都爱上了这一抹安静，以及眼里深
邃的海。而离开他的人，纷纷传言这海太过辽远、无底，
怎么也渡不过岸，搅不起一丝波澜，于是，她们纷纷撤离
码头，寻找自己的港湾。但，她们又不得不在倦怠的时候，
在某一个午夜的苍茫里，忆起他的窗户内，是否还亮起了
灯盏。她们从头至尾都不知道他到底是爱了，还是一种坦
然的接受。

其实，她们至今不知道他的窗户在何方，而窗户又为谁袒露过，她们在爱情故事里热情地演绎，他却在故事的深处似有若无地存在着，最终导致她们沉默、伤悲，纷纷出逃了。除了她，没有人能越过他的藩篱。在他的窗户内，有一抹生命的蓝，干净而明亮，忧伤而快乐，是只为她而呈现的独特世界。他曾经温柔地拉着她的手，穿越过他30多年剪不断、理还乱的曲折人生，想把一切都与她一起分享，可是她最终闭上了眼睛，转身离开。

此时，他坐在桂林的一间小小的咖啡馆里，听着舒缓轻柔的音乐在空气中弥漫着、流淌着，显得有些悠闲，有些无所事事。他看见一片金黄的油菜花中，一个小女孩牵着一双修长白净的手，从窗户外慢慢地走过去，突然，小女孩挣脱桎梏，兴奋地往前冲，有人在后面追着，保持着适当的距离，让小女孩可以自由地放飞天真烂漫。他在这一瞬间低下头，抿了抿咖啡，随即面色如常。

这个他，便是我了。

早餐后的我，选择的不是着急地去桂林的山水中取悦、走访。我知道，我有足够的时间去领略这享誉天下的人间风情，操之过急，只会影响心情。

一个城市接着一个城市的行走时，我选择努力先融入它们，感觉它们的呼吸和脉动，然后我走进它们令人心动的一域，静静地坐下来，与蓝天白云、花草树木、河流山川亲密接触。我以一个过客的身份，走进当地人的心怀中去，走进大自然，走进孤单与繁华的罅隙里，倾听城市的心跳，倾听我小鹿般乱撞的心扉，但我却在风起云涌中波澜不惊。

我的生活，和许多人不在一个步调上。我不必顾忌家人的唠叨，朋友的牵挂，我可以我行我素地自由来去。时间是我的，外面是我的，我的每一步行走，以我为中心，到达任何时空和地域。而空灵的桂林，自然成为我旅途的一部分。

春雨突然降临。我坐在咖啡馆里，漫不经心地看着周围的人和事。

我想，在不远处的漓江边，一定有不少急急匆匆奔跑的身影，躲避着一场突如其来的春雨，他们慌张，他们脚快如飞，而我却慵懒地享受着音乐。

植物带隔着植物带，在它们中间，这个小咖啡馆布置的情调有一种绿色的原野风情，在吧台前，在一些平时转眼就能望见的狭隘空间中，无意间你就能瞥见一盆小吊兰之类的植物，处处冒着生命的气息。这里并不刻意模仿其他咖啡馆的浓重华丽，或蓝调贵派的优雅与深沉，它只负责容纳一些恬静的人和悠远的心思。

隔着一排植物，我的前方隐约可见一个小巧的背影，她偶尔低下头，披肩发刚好衬在布艺沙发上，我看见她穿着米黄色的风衣，未施粉黛，素净淡雅。这样的影子在小雨刚刚降临的朦胧景色里，显得格外清冷，令人心悸。

在电影《阿甘正传》中，阿甘的妈妈曾经对他说："生活就像一盒巧克力，你永远不知道你会得到什么。"

我们想得到什么？又能得到什么？

像阿甘一样傻傻地活，傻傻地走，还是努力成为生活的标杆？

我在生活中一直问生活，到底什么是幸福，到底我该怎么活着？

她曾说："所谓幸福，就是一个笨蛋遇到一个傻瓜，引来无数人的羡慕和嫉妒。风风雨雨，平平淡淡。当看着儿孙满堂时，那个笨蛋仍然喊着傻瓜！"

她还说："这是别人说的，可这就是我想要的生活，一直都是这样。"

我当时笑笑，宠溺道："这你也相信，无非是文艺分子们捏造的抒情罢了。"

她翘起嘴，扯了扯唇角，没有再语。

其实，我何尝不是这样认为。记得有一段话是这样说的："生命中有一些人与我们擦肩了，却来不及遇见；遇见了，却来不及相识；相识了，却来不及熟悉；熟悉了，却还是要说再见。所以，要对自己好点，因为一辈子不长；对身边的人好点，因为下辈子不一定能遇见。"

不知谁在什么样的心境下抒发出这些呢喃轻语，特别让人感同身受。

7

爱情这东西，时间很关键，认识得太早或太晚，都不行。

——《2046》

我是一个"食鱼族"。

据母亲说，她十月怀胎的时候，一直是鱼类供养着我的脑髓成长。每天鱼汤鱼肉的从没间断过，即使喝得呕吐了，也没停下过。实际上，呕吐应该是孕妇的必然反应，但母亲将这归结于鱼汤的腥味过重。

父亲哄着她喝，说为了宝宝的聪明健康，你得忍着点，正所谓辛苦十个月，幸福一百年。父亲应该很讨巧，才娶到这么漂亮的城市娇小姐，让母亲不顾家人反对嫁给了他这位来自农村的穷老师——没钱没房没背景。所以我一直觉得，父母年轻的时候走得或许很艰辛。

有这段不为人知的吃食经历，我从娘胎里带出的吃货气质，从没有埋没过。提到小吃，一般都会逐个去尝试，不同的风味体现了不同地域的风土和习俗，这是感受当地风俗人情最为直接有效的好办法。到了桂林，自然也不会落下这个习惯。

我叫了一辆出租车，叫他直接载我去比较有风味的美食街。

我是在咖啡馆泡了大半天，回旅馆后又看完了一本书，混到快到十一点的时候才从旅馆出发的。这个时候正好是夜生活最为丰富的档口，一切新鲜都从夜间冒出来，充满了诱惑。我行走时，大多会选择这样的午夜窜出来，游走于人海灯火中，只有这样，才不显得自己那么的孤寂。我想，只有夜晚的时候，才属于我们每个人自己本来的面目，尽情地挥洒和演绎白天无法放肆的各种表情。

这个夜市很热闹。我走过一家一家冒着轻烟的摊位，摊点前站立着热情似火的男人、女人，他们的表情与嗓门同样夸张，没有半点磨蹭与含蓄，直截了当地招呼你品尝他家的美味。一股油香味和胡辣子的呛味徐徐地冒出来，还有烟熏火燎的炉子热浪气息也从四面八方扑面而来，使整个夜空中弥漫着烟火的浓味，谁置身于这样的氛围下，都会不由自主地想喝上两杯，吃上一条烤鱼，这才是人间味道。

我特别喜欢城市在夜间散布的热闹，每一个背影都是那么的相似，影子踩着影子，分不清谁是谁，还有谁在身后。

我想吃点辣味的，便一路寻找着带有四川标牌的烧烤摊。从车上走下去不久，就好运气地看见了一家挂着"合江烤鱼"招牌的夜市摊。最初知道合江的名字，是在一次开一本新书的时候，当时查询荔枝的出产地，无意间发现惹得"一骑红尘妃子笑"的荔枝，竟然是出自四川泸州的合江。没想到，今天在桂林这个地方会遇见"合江烤鱼"，也算缘分。

招呼我的是一位三十出头的女子，女子皮肤白皙，眉眼清秀，头上梳着一根大辫子，很清爽利索的模样。在她后面不远处的一个烤架旁，一位稍微显年长一些的中年男人，穿着单薄的衣服，熟练地翻烤着串串美味，他干练而有滋有味的专注神情，倒令客人有些向往了。

我一直相信眼缘和直觉，心里认定这儿有我想要的美味。

女子走向我，笑容甜腻，眼角也卷起了热情似的，很大方地招呼我："兄弟，几位？"

我淡笑答道："就我一个。"

"一位，上茶。"女子向里间喊道，声音清脆。

从摊位内走出一位持大壶的男孩，也漾着笑容，他将手上的一次性碗筷置于小桌上，开始为我倒茶，这时从大壶内慢慢渗出一阵香来，似乎有粮食的味道。小伙子似乎猜透了我的疑惑，连忙说："大哥，这是荞麦茶，品尝一下。"

我端起杯子，从里面吸出一阵沁人心脾的麦子香味，再轻轻抿一下，清爽爽的感觉，香气顿时弥漫口腔中，于是我忍不住再喝一口，连道："不错，不错！"

女子笑吟吟的，很自豪的感觉，说这夜市摊上只有他们家有这独一无二的荞麦茶。

女子说，他们店的特色是"合江烤鱼"，在市场上也是别无分号的，问我要不要尝一尝。这个自然是要吃的，我来就是为了尝美味的。虽然不是桂林菜，但是遇到他乡的正宗美味，也是一机缘。

中年汉子把"合江烤鱼"加工好后，放置于一个小炉子上端来。烤鱼还热腾腾地往外冒着香气，引诱着我的食欲。

烤鱼上有一层香菜，旁边有些白色的食物，我仔细瞧着，似乎是豆腐脑之类的豆制品。女子走过来告诉我"合江烤鱼"的秘诀，有香菜、豆花、辣子……这些都是独有的提味做法。女子脆生生地叫我趁热赶紧下嘴，别凉了没有原来的滋味了。我又要了七八串荤素搭配的烧烤，便开始享受美味。

这一餐，我吃得酣畅淋漓。生长于南方的我，川味的辣并不太适合我，但这一次的经历却让我对四川菜有了深厚的感情。

啤酒，女子。烧烤，汉子。荞麦茶，小伙子。

外乡人在他乡，他们的小日子一样过得很精彩。

我回来的时候，在小旅馆门前，竟然听到了有近似于"合江烤鱼"摊位上那位女子的口音，我不由地放下了脚步。

多年后，回想起此时的这一刻，我终于明白了，所谓缘分就是这么简单，冥冥之中必然会遇见，该来的都会来。

太多的太多，我需要一辈子去消化，并且好好地珍藏着，珍惜人生这有限的际遇。

我其实是一个多疑的人，但是，我总会被生命里最真挚的感动所融化。我是一个坚硬又柔软的男人，说无情，也有义。这就是我。

因为不早不晚，她出现了。

8

> 现在很清楚，我向你走去，你向我走来已经很久很久了。虽然在我们相会之前谁也不知道对方的存在。
>
> ——《廊桥遗梦》

走向你时，恰好你回眸。

在爱情的故事里，无论以什么样的形式相遇，都注定了不平凡。

那些古老书籍中镌刻的爱情宝典，或许，每天都被不同的恋人们演绎得淋漓尽致，件件不重样，却有惊人相似的发展史，每一个环节缺一不可，环环相扣。这些爱的烙印，最美不过相遇的瞬间，我们走向彼此，走向憧憬，只为传说中的五百年，以及五百年才修得的冥冥相遇。

席慕容的《一棵开花的树》写道：

如何让你遇见我

在我最美丽的时刻

为这

我已在佛前求了五百年

求佛让我们结一段尘缘

佛于是把我化做一棵树

长在你必经的路旁

阳光下

慎重地开满了花

朵朵都是我前世的盼望

当你走近

请你细听

那颤抖的叶

是我等待的热情

而当你终於无视地走过

在你身后落了一地的

朋友啊

那不是花瓣

那是我凋零的心

这棵树，走过年年岁岁的等待与守望，只为生命中某一刻的偶然相逢。

　　小旅馆前的这一群人都有些大嗓门，老远就能听见他们的对话声，语速飞快。我听不懂他们在说什么，一口的四川腔调。但是，我能从他们的爽朗声中感觉出成功抵达目的地后的喜悦。在深沉的夜色里，抵达就是一种安全的归属感，无论男人、女人都需要这种心理保障。

　　他们男男女女一行大致有七八个，行李拖拖拉拉地在旅馆前排开，我想顺着过去，还真费了些劲，还好其中一位细心的女子说道："都让一让，别挡着路，有人要过去。"

　　他们挪了挪物件，总算让出道来。我从女子身边走过，不觉转了一下头，点头表示感谢。她圆圆的脸庞带着红晕，微微颔了一下首。在夜晚的灯光下，秋日的萧瑟并不显现在她的脸上。没有再回头，我微笑着路过。

　　这一晚睡得很沉，是很享乐的一天。

　　早餐馆，咖啡吧，夜市摊，小旅馆，一切都作驿站来去。

　　我没有做梦。我原以为这样的颇多感触里，在异乡的明月光中，会诱发多情的触角。

　　我始终以一种时常惊醒却不能真正醒来的睡眠状态维持着属于我的每一个夜晚。

也许，倦了，真能好好地放下，睡好。

闲呆了一天，睡前决定第二天找一处漓江的热闹地段走走看看。

于是，第二天清晨，我带着明确的意识出门了。

在我的印象里，一只杵在水中的大象，鼻子认真地汲着水，这成了我对桂林的总体认识和感觉。我到达的地方，也和大象有关，它叫象鼻山，又称"漓山""仪山""沉水山"，位于桃花江和漓江的汇合处，是得天独厚的风水宝地。

象鼻山景观，从唐宋即兴起。宋蓟北处士诗云："水底有明月，水上明月浮。水流月不去，月去水还流。"明朝诗人孔镛则描摹得更为细致："象鼻分明饮玉河，西风一吸水应波。青山自是饶奇骨，白日相看不厌多。"可见，历朝历代的文人骚客大多对于这样天然的形象颇为钟爱，泼墨颂扬，镌刻挥毫。

我到达象鼻山侧岸的时候，人群稀疏。游玩时，我有一个习惯，到的不是最晚，就是最早。这样我可以在发白的天色中，或是在星星点点似的灯火里，以宁静的心情走向一个崭新的未知。当然，这里是旅游区，不晚就早出行，也会给一天的游览带来许多意想不到的收获。

象鼻山映入眼帘的时候，山雾迷离，扑面迎来。一切这么近，又那么远。

　　我对这种景点有深入的了解，要想看见最美丽最真实最本真的一面，必须在人际清冷的时候与它默默相对。

　　有时，最钟爱的，未必要和她耳鬓厮磨。抬眼默示，俯首铭记，这样就好了。

　　我和她即是这种状态。我们有时，一天两人窝在家里一句不发，我敲字，她看书。

　　那么的近，心跳、呼吸和熟悉的烟火味，统统掺和在小小的房间里，又似乎遥远得不可思议。我们在各自的城堡中，宣誓为王，互不干涉。

　　看人间景致，应当有这样的感觉：你与它，它与你，陌生或熟悉，喜欢或疏离，并不是越近越好，保持距离才会感受到不同的美丽。

　　象鼻山的确是很独特的景观，它独一无二地矗立于江水中，经过日积月累的水流涤荡，多了一份灵动和鲜活。尽管每个人眼中的它都有所不同，但对于文艺分子来说，留在心中的只有诗意的境界："见山不是山，见水不是水。"

　　有道是："不识庐山真面目，只缘身在此山中。"为它，我走向山上。

　　在这天渐渐地放亮中，在慢慢的喧嚣中，越来越多的人走近漓江，走向象山。我决定走向山里。

9

> 在你感到寂寞无助的时候，你可以去大自然中，
> 你可以从每一棵树，每一朵花上面，感觉生命无处不
> 在，感觉上帝就在我们身边。
>
> ——《茜茜公主》

计划的人生，从来不会照章行走，规矩方圆也只是一个陈设和掩人耳目的框框套套罢了，生活中需要应变临时起意，也要善于捉住真实的需求，剥去佯装和掩盖，落落大方地走出自己，走向原野。看青山，望水月，任逍遥。

我在这一点上是实用主义者，不会为难和勉强自己。有什么是什么，想什么做什么，这是我个性的袒露，不遮遮掩掩，也不羞羞答答地故作矜持。男人有男人的活法，他可以见人说人话，见鬼说鬼话，但是，他对自己心爱的女子不仅说情话，也提及自己的黑暗、虚伪、懦弱和狡诈，甚至有时候也会歇斯底里地诉说委屈。这样的男人，遇见是苦，未曾遇见也苦。总有这么一个人，无条件地爱上他，于是，这个男人，他就是你的红颜劫。我只做过她的劫，除此以外，我离婚的妻子也不算。

我曾经问她，为何选择携手去桂林旅行？

她温柔地看着我，笑而不答。

"传说有小情人在那里？"我假意吃醋道。

她捂着小嘴儿，连连点头，小眼睛闪烁着狡黠的光彩。

我套不出半分情报，便装作生气不再理她，狠狠地说道："不说不陪你去了。"

没想到这句话竟然一语成谶。我的无心，却成预言。

我看过她小时候的一张翻拍相片，是在空间里无意撞见的。那次她挂着 QQ，空间里的加密相片一栏对外开放着，里面放着一张相片。一位着少数民族服装的中年女子，抱着一个三四岁模样的嫩孩儿，也是一身鲜艳的民族服装。我对于民族服装不太了解，后来有意识地查了查，发现是壮族的服饰。我记下了。我不知道那有着朴素装扮的女子和女子怀里的孩子是谁，我想她们一定和她有关。

是不是和我们约定的桂林行有关？现在，已经不得而知。

她的家庭，在我心里一直是一个谜，她不愿意多说，我尊重她，而且我是一个不喜欢寻根问底的人。她对我的好，不是装出来的，我一个穷书生，没遇见她之前，青衣裹体，不修边幅，是她让我学会神采奕奕地修理自己。美从心中来。她穿着小风衣、小短裙和小靴子，时常让我有身为男人的自豪感。

没有人知道，她的离去，给我带来的阴影是多么深刻，甚至远比父母当年的车祸来得还剧烈。我寻寻觅觅这么多年，唯一想要抓住的只有她。在一个不经意的瞬间，她以一位读者的身份，走进了我的内心世界，掏空了我的灵魂和对生命的想象。当一个人经历太多，在茫茫世间抓住了一根稻草的时候，稻草让你觉得很安全，很享受，很快乐。然而，当你奋不顾身地依赖于她的时候，她却如水蒸气般消失了。人间蒸发。

我不甘，却奈何不得。我当初放任自己不打听她的家庭，显然是一个错误。连她家住何处，父母何人都不知道。她的工作单位也只说帮亲戚做财务，我也就放心，一点也不理会了。

婉余说我不是笨猪，就是低能生物，是活着也没意思的一个怪物。这点，我承认。

开始写作时，我就这样了，与外界有明显的鸿沟。

她说过："我就喜欢桂林那只大腿子大象，夜深人静的时候漫步清流中，饮水月，它多浪漫啊！"

我说："你这是被文青毒害的，还是被想象毒害的？"

她仍旧"哧哧"几声，一股子小耗子的机灵劲，生动而惹人怜爱。

　　她说的就是这里，象鼻山。说的饮水月，就是象鼻山上的"水月洞"。只是，我不是入夜来的。在这个清晨里看见的象鼻山，多了一种迷蒙的水雾，淼淼辽辽，与江南的重重雾霭不尽相似。江南的雾，没有桂林的雾饱含着水珠子的玉滑气息，江南水雾更黏稠，腥气更重。桂林水雾向来是清新的，甘甜的。

　　人群躁动后便消失。所以，要体味漓江象山，一早一晚最合适。

　　如果长篙于水，摆渡漓江中，与象山面面而对，我没有去选择这个视角点。我喜欢处在一种"相看两不厌"的境地里，你不见我首尾，我不见你真貌，我们这样留些想象的空白，是最美的距离。

　　"横看成岭侧成峰，远近高低各不同。"走进一种真实，反而失了真实。我和她就是这样的，平行而坐，在夜晚的台灯下各自阅读文字，阅读心扉中的各种滋味。想说时就趴在一起说得天昏地暗，说到天明也行。然后躺下，睡好。醒来，一切如初。

　　象鼻山岩洞，藏好酒，三花牌。洞中通透，临江而立，与江水相连接地气精华，保持湿度，是难得的窖藏之地。来桂林，不吃米粉，不喝三花酒，是遗憾。三花酒，漓江水的精魄，岂能错过。

不过，我不大喝酒，特别是白酒。倒是可惜了这人间美味，天下甘露了。

象鼻山对岸，此处望出去，视野开阔，因了桃花江和漓江的汇合，显得格外有心境和情景。这也许是心理作祟，但却是这么一种感受，不容分辩。不管水月洞、朝阳亭、象眼岩，还是普贤塔，这些都是桂林山水中的点缀，它们安静而立，年年岁岁沉默在历史川流中，孤寂而独傲，平实也朴素。靠近它们，你会安静，安心。当然，是在人群不拥堵的时候。

我想，这个时候我只是一个过客，尽快将我的灵魂种下，然后不辞而别，转身离去。和她一样，留下许多念想，挂牵，沉迷其中。

10

> 我知道这世上有人在等我，但我不知道我在等谁，
> 为了这个，我每天都非常快乐。
>
> ——《那时花开》

是欣欣向荣的伸张，还是枯枯萎萎地离去？生命在这个世界上，总会去经历成败、是非、来去和盛衰，这些都

是每一种生物体无法逃脱的宿命。但，当旺盛还在，当人事未空，当冷暖还知，当身边还饱含着尘世、空气、污垢、繁华、虚幻时，我们还是自然人，还是一群活跃的分子，在城市与旷野间，在虚伪与真实间，在未知与已知间飞奔，明明懂得，却不得不为之。

我说，我还有欲。我贪，我念，我守。

我知道，我不可能就这么去了，不可能消失在日月穿行中，没个交代。

我从象鼻山回到小宾馆后的那条小道，小道上明媚一片，有日头高悬。城市是一个花筒式的城市，有好光景，就会有好心情，什么都赶趋似的。在春日的微微细风里，天空轻轻地拽着一寸寸蓝缎子，很舒服的天蓝蓝，惬意的云儿飘飘然地来去，自由得有些艳羡人。

我走在这样的街道上，全身通透，所有能力聚于脚底，踩出了些许欢快的厚，有了底气，决定按照自己的方式做旅行安排。去了一家西餐厅——西贝餐吧，解决中午的温饱。连续吃了几顿川味，转而在静雅的环境中，尝试几块面包，一杯鲜榨果珍，再吃一份七成熟的牛排，一碗意大利面，这样再普通的西餐，都会吃出些气息来。

我喜欢在靠窗的帘子下，慢慢地等，慢慢地吃，慢慢地看路过的一茬茬行人，匆匆地来，匆匆地去，他们都在走时光的轨迹，一点也不浪费光阴。

牛排很嫩，面包上的奶酪，倒是我爱闻的气息。我一直暗恋着奶香味，这癖好不能外道。我想应该是我婴儿时养成的习惯，我小时候是一个"奶泡泡"，小脸嘟满了奶子水冲泡起来的肥肉，洁白洁白的粉嫩着。我喜欢那张满月照，是很精神地靠着木椅子拍摄的，眼睛黑亮有神，腮帮子鼓鼓囊囊的。估计是父亲的手托住我整个人的身体，不至于倾斜或倒下。

我对这个爱奶香气的癖好，连她也没说。所以，我有时躺在她的胸脯上，就这么一直静静地，什么也不说，也不做，只感觉时光在她的味道里乱窜，浓浓的夹杂着汗液泡起来的女人香。对，我一直爱着这种特炫的女人香，但只对我喜欢的、刺激了我荷尔蒙发酵的体香感兴趣。我不是流氓的想法，这一点我很肯定。我想，母亲应该是饱含着女人香的一位美丽女子，让我怀念，这么多年，道不明，也说不清，却一生伴随着。

张弛有度，这是我对旅行的要求。对那些走马观花，一趟趟赶东赶西的旅游贩子们，我深恶痛绝。他们不但没有自我，没有时间，更没有一种真正融入大自然的情怀。他们许多时候耗费在路途上，待在购物点里，疲于奔波。还有那些导游们的催促声，声声入耳，很是厌烦至极。普通的旅游者，是体会不到一个人独自漂行的生命旷达。

现在，漓江在我不远处，江水流，江水流，尽情吧！我也敞开心扉，接纳着这里的一切。在桂林的心肺里，还有那么多没有驻进的地方，我想在夜色下深入，再探寻。而风高夜黑时，成了我出行的最佳时机，貌似有点与众不同，不过，这便是我与他人格格不入却又能与世界接轨的地方，明显的"羽人"特征。我这里说的"羽人"，是不知天高地厚的一种人，总会不顾一切地煽动薄薄的翅翼飞翔，无论何人也无法阻挡他的前行，直到落地、死去的那一天。

据说，桂林的日月双塔在晚间的时候，别有风味，已经成为了这座城市的新坐标。与象鼻山的普贤塔、塔山上的寿佛塔遥相呼应，互为衬托，形成了桂林的"四塔同美"，非常值得去体会和感悟。夜晚的清风抚慰下，恰似良辰美景当空明。

在餐吧泡到灯火阑珊，我穿过拥挤的男男女女，决定抵近城市的咽喉，位于杉湖中的日月双塔，桂林的新城徽。日塔的塔什、瓦面、翘角、门拱、雀替、门窗、柱梁、天面、地面等等均由钢材铸锻而成，号称"世界第一铜塔"，共9层41米。其以精美的铜壁画装饰，整座塔金碧辉煌，好不气派。而月塔则是琉璃塔，共7层35米，每层的雕花彩绘门窗寓意着不同的主题，富含中国传统韵味，银色素裹，引人入胜。

此刻，我置身于这两座以"儒释道"为核心内涵的巨塔面前，显得从容有余，心中悠然自得。我并不打算买票进入其中，这样的景致，本来就有一种远观不可亵玩焉的神圣色彩，这样远远地才好。

我迎着春日里独特的醇厚气息，在一丝丝薄凉之风中，顺着人群走下去。不管以哪一个视角欣赏双塔，都是那么明丽照人，所有的目光都聚焦于它们，形成城市的交相辉映。这样漫无目的的且行且走，倒让我想起婉余之前的一次笑谈。

婉余说她是 2002 年来的桂林，那时也是春日，一个人兴致盎然地在湖边溜达，一直到晚间十一点的时候才尽兴而归。那时出租车并不多，脚疼手软的她于是招了一辆三轮车（据说当时这里盛行三轮车），三轮车带着她飞驰在深夜里，城中到处可见热闹非凡的夜市摊。当他们行至一条繁华路段时，三轮车突然掉头急转，没坐稳的婉余惊得还没叫出声来，车子已经以更快的速度飞了出去。四面八方的风呼啸而来，逃窜似的狂野奔着。当婉余不经意间往后瞧的时候，才发现一辆印制有城管标记的面包车紧紧地尾随着三轮车，她恍然大悟，原来三轮车是非法营运。这样一逃一追，好不刺激，婉余大口大口地喘着气，迎着春日薄刀似的凉风，和司机一起疯起来。最终，三轮车驶进了一条深巷子才摆脱城管的追捕，司机停下来，婉余大笑起来。

我没有遇上这样的奇遇。不过，我未必想遇上，这是真实的想法。

回转时，我却遇上了他们——那一群在旅馆同住的四川旅客，他们就在我前面溜达着。我也看到了那天晚上给我让道的女子，她在人群中手舞足蹈，有些天真地甩着头发。我不由眉头一开，决定跟在他们后面。在异乡的夜晚里，有一种很熟悉的亲近感渐渐袭来。

11

在遇到梦中人之前，上天也许会安排我们先遇到别的人；在我们终于遇见心仪的人时，便应当心存感激。

——《水晶之恋》

我随着他们的脚步一直往前，从湖的这头缓行到逐渐热闹的街区，他们并没有要回转宾馆的意思，兴奋依旧。

我见前面的中年男子回过头笑说："要不一起去喝几杯，试试桂鱼如何啊？"

大家应声附和："好！"一群人便浩浩荡荡地步往有桂鱼的餐馆。

漓江水，天下丽水。这江中生长的鱼虾、蚌壳、水草等，绝对是天然丰美的。

漓江鱼，就叫桂鱼。在清澈见底的江水中游曳长大的桂鱼，素以肥、嫩、鲜、滑著称，一道"清蒸桂鱼"冠绝于耳，据说是桂林菜中的美味佳肴。

见他们兴致勃勃，我吃货的因子也被激发得蠢蠢欲动，不自觉地跟随而去。这样的主动，出乎我平时的行事风格。

他们来到临江不远处的一个挂有两个红灯笼的土菜馆，挑选了一个靠窗的位置，将两张方桌拼接起来成一桌。中年男子叫了服务员点菜。我在不远处的一个边角上落座，也是靠窗，只是桌面的范围很小，看起来像情侣座。我听男子点了两碟酥花生，一盘盐水鸡，一碟香油黄瓜，一份凉拌猪耳根，一份卤菜拼盘，两尾清蒸桂鱼，还有一份腊蹄花汤，顺带叫了三扎啤酒，他还问了能否温热一下。服务员说可以将啤酒和上枸杞、红枣、冰糖、橘皮等重新用温火熬制，这样味道鲜美，喝着暖和，口感极好。我不由一笑，暗道："这四川人也真会享受，真正的吃货。"

我也点了一份油酥花生，一份清蒸桂鱼，一份香油黄瓜。在他们侧面安心地看外面的世界。夜间有些凉，漓江的风，在春天里，还是很无情地带了丝丝刺骨。好在茶水很温热，含在嘴中的时候，不觉得清冷。

隔壁一直很热闹，四川人喉咙大，嗓门清脆，这或许是他们的语言习惯。至于怎么形成的，我想与他们豪放大方的性格有关吧。

那天给我让路的女子背对着我，穿着一件浅绿的风衣，一双黑色高靴子，围巾和风衣也很搭，丝质的绿黄夹杂着碎花，洋气而清爽。他们五男四女，她似乎最小，声音在其中颇为好听，洪亮而满含笑意，温婉而娇柔，一点不做作。

我听到她说："这儿空气真好，都要喝一杯哦！"

我撇了撇嘴唇，心想："川妹子够辣的，一说喝酒都热情，够厉害。"

在我生活的徽州，女子很少会主动饮酒，或者像这么大方地劝酒。她们进餐细心而节制，不是餐桌上的饮酒对象。

两桌的菜点得都雷同，只是我的少些，所以厨房很快就端上来了。花生米是酥油炸的，黄瓜伴着蒜泥、小葱，很不错的感觉，只有桂鱼还没上。桂鱼是现杀现蒸，所以需要等上一点时间。我要了一瓶雪花纯生，也和他们一道品酒吃菜。

我一个人独酌白月光，他们则举杯同饮欢喜。

他们的热烈也使我从中融进了些许暖意，单薄不是那么明显了。或许总感觉与他们相熟，毕竟睡在隔壁已经两晚了，离得那么的近，有些缘分。

我暗想轻笑的时候，发现背对着我的那位年轻女子转身，刚好看见我的小动作，她嘴角扯了扯，含着微笑，有点小可爱的模样，散发着朴素的情怀。对，我觉得我对她一直持有一个词的评价：亲近。这是他人所不能给予我的一种莫名其妙的亲近感，在这异乡的夜晚里尤为明显。那天，当我们四目相对时，我对她便有一种冥冥之中的好感。我见她望过来，抿嘴笑了一下，她调皮地一伸舌头，便转过头去了。在清蒸桂鱼上桌前，她一直未回头。

我和他们的清蒸鱼是同时端上来的。整个菜品色泽很美，鱼儿腹部上散撒着一层翠绿的小葱花，还有红的椒丝和细末的肉丝铺垫其中，散发出一股清香味，非常诱人。汤水不多，有茨粉勾汁，刚好洇住青花的盘面。我口角不自觉地冒出哈喇子，提筷便享用。

我学着四川人吃酒品鱼的样子，一点点地剥落细细的肉质，鲜嫩细腻的入口即化。对于鱼刺，我极为小心，我很怕刺，从小就怕。我这"食鱼族"除了爱好吃鱼外，对吃鱼的技巧，一直是相当弱智，与这称号极不相称。

没听见那女子再出声，我估计也在默默地剥鱼中。

从我的视角看过去，他们一群人衣着都非常得体，虽然语速快，语调高，但是说话的水平和层次，却极有涵养。估计是一支外出旅行的单位团队，走的也应该是自由行，只有自由行的旅行者才这么悠闲自在。后来，事实印证了我的猜测一点也没错。

因为我和他们同属自由旅行者，在接下来游漓江、阳朔时，我们搭伴而行。我和那位女子也就认识了。

缘来如此，如此简单。上天曾经的安排，只为今天的演绎作着过程的铺垫罢了。

我静静地吃完了这一顿愉快的晚餐，赶在他们离去前，先回到宾馆。

我是一个不喜欢被人过分关注的男人，一直行走在网络世界，将冷漠用作对付外界的手段。

冷漠，从骨髓里的拒绝，那才是真正的一种冷。有时，我明明含笑着和你说话，却是拒你于千里之外。我笑着鄙夷着世界的各种，非常冷静。

12

> 人生不能像做菜，把所有的料都准备好了才下锅。
>
> ——《饮食男女》

抵达桂林，也好几日了，婉余没有火急火燎地来电话，说明我托付的事情，她做得非常漂亮！"路虎"竟然没让她伤透脑筋，出乎我预料的乖巧。人和狗，是很奇妙的物种组合，每次想到"路虎"忠于我的样子，便会很幸福！

"路虎"野性，也温顺。爱屋及乌并不是人类特有的情感表露，或许在动物世界里表现得更为直接。如果喜欢你，它们从不遮遮掩掩，会亲吻你、蹭你，告诉你它爱你。"路虎"就是这样。它对婉余是不排斥的，我想是这样的。或许佳佳宠物店开门了，"路虎"已经住进去，婉余也就轻松没烦恼了，这也有可能。

桂林市区的曼妙风景比比皆是，大都围绕着漓江、桃花江铺开，值得游览的地方，不是一时半会儿能看完的。而风景对我，原本就是一个个美好心情的载体而已，看山水，乐人生。盲目地想去发掘它们的内涵和故事，我不太常这样做。走走停停，我能记下多少，就多少，不以有目的为行走目的。

我打算第二天去附近的伏波山，便不再抱书或看电视，任由瞌睡虫来找。这几日在桂林，我的睡眠出奇得好，有点暗喜，老毛病是不是慢慢地被治愈呢？

清晨我在宾馆对面的早餐馆进餐，意外地碰见了那位四川女子，她一个人独自坐在餐馆门外吃着面条，一杯豆浆还冒着热气。我下意识地想走过去，但是忍住了。在邻座的位置坐了下来，要了一份牛肉粉，也点了一杯豆浆。我们面对面。她面容很干净，五官小巧，一双深褐色的眼瞳很美，样子甜甜的。昨日的披肩发已经扎成马尾，很精神，也利索。她抬头发现我时，我并未故作不适地埋头，而是自然地对她微笑颔首，她回一记不好意思的暖融。在南风吹过的清晨里，很清爽，却也有一丝迷离。

早餐，我吃得很温暖，心情大好，以至于公车到点的时候，差点错过。

伏波山有着深厚的历史文化背景。相传东汉伏波将军马援南征时曾经到过此地，故得名。唐代时山上曾建有伏波将军庙。现有癸水亭、听涛阁、半山亭、还珠洞、米芾自画像、千佛岩等著名景点。还珠洞中，古物惊艳。洞壁有100多种石刻，其中宋代大书画家米芾的题名、自画像成为伏波山独有的景观，魅力十足，延续至今，令人想象无限。而诗人范成大的题诗也堪称珍品，是难得的人文瑰宝。在还珠洞内，洞顶还垂下一块巨石，距地面寸许时戛然而断，被称为"试剑石"，相传是伏波将军试剑所断。伏波山文武之将齐聚一堂，内有乾坤盛景，颇具人文想象力，值得一一去品味，感受个中风骨与气节。

半枕陆地，半插江潭，孤峰矗立，依山傍水，遏阻洄澜，这是伏波山的自然特点。

循着登山石阶徐徐而上，慢慢前行。这一刻我是少数游客之一，阶梯上散着三两人。热闹的团队估计还有一阵子才会蜂拥而上。我抓紧这最好的静逸时刻，在清新的空气里，独享山风徐来，水珠扑面的湿润。

这湿润，让人心生感慨。我想，如果她在，应该是活泼乱跳地往上冲。记得上次我们去九华山的时候，我竟然追不上她的脚步。当时我并没告诉她，我曾经差点在九华山落发为僧。假如我真说了，她信吗？她会怎样想我这个人，是不是特不靠谱？

九华山的一个师父曾为我占卜过，说我会情定九华山，我当初一直以为会是她，没想到后来竟是另一个女子走进了我的生活。缘分便是这样奇妙。

第二篇　为有暗香来

前　行

一直在路上

理想像远空的星子

有淡淡的光泽，却照不亮我的前程

信念，坚强地存活在呼吸之间

快进中年了，目光的清澈比不上一盏街灯

昂着首唱歌，还是伛偻着身躯背负名利

时光可以佐证，没有一个同行者给我指路

曾经，我把理想圈养在锈绿色的庄园。有铜臭般的

无奈

庸俗，低贱

如今，我卸下街灯的昏黄。背负着一个男人的灵魂

继续前行

1

我要你知道，这个世界上有一个人会永远等着你。
无论是在什么时候，无论你在什么地方，反正你知道
总会有这样一个人！

——《半生缘》

这房间的灯光时隐时现地跳跃。

或许是线路接触不良，但我没有小工具，最重要的是
我没有攀爬上去解决它的高度。索性关了电源，在漆黑中
感受颤动的呼吸声。我和夜，夜和她，她来，轻柔的寂
寞来。

我们都是喜欢墨黑的人，习惯将身体缩成一团，蜷缩
在禅定的寂静中。她朝左侧，我侧向她。她的手臂很倔强，
一直以一种警觉的姿势自我捆绑，护着胸口，牢固，严密。

这时，我便在黝黑的空洞里，轻轻地用掌心摩娑她的
青丝，她的发梢软细地顺着颈部幽幽地滑下，散发着别于
其他女人的香腻，流泻着情欲和安全，鼓动我的膨胀。最
终，我在细嗅中打乱静谧、平和，在延绵的渴望中迫不及
待地想渗透到她的子宫深处。这一刻，不是男人的索取，

是以吮吸的童真回归母体中。

我是一个多情的男子，但我一向洁身自好。我将灵魂交付躯体，它载着我的敏感、神经、颤栗和坚决与伴侣说话，共鸣。

正如鸟儿一样，它们伸出薄薄的翅翼，有时并不是为了飞翔，只是在夜色如岚中找寻翕动的轻快。在羽化般地飞舞中，没有城市的沉伦、堕落，包括一切吵闹、浑浊与冷漠。

蓝莹莹的猫眼，它们窥探蝼蚁们搬来搬去的庸碌，一刻不停息的认真。

我很高，世界很矮。

我这样透着自不量力的荒唐想法，有些脱轨人生了。

我曾经以为我是一只饥渴的鹰，只要悬崖推波助澜，就会干掉我的恐惧，当然也会赐予我直击长空的雄心。

我的想法很丰满，现实却隐约在骷髅的光中，随潮水慢慢寂灭。

我对她说，当年我撕毁复旦大学的录取通知书，捏着奶奶爬满汗渍的零钞坦然地走进工业大学，因为这里减免我的学费。我说，一个人的命运就是这样的，奋斗有时是一纸空谈。她唏嘘，轻叹，一阵静默。我看见黑暗里珠儿在闪。她的眼睛变成了纯澈的婴儿蓝，我第一次见到这样的明亮，它使人干净。

我说，我曾经的妻子，我们在这里认识。

她听了，有些低落，细小细碎的嘤嘤声从被褥中弹出。那是一种幼婴的抽泣，无助，没有哀怜，唯有伤心。

我说都过去了，我讲一个小说里才有的落魄段子吧，落魄故事，好笑呢！你得有思想准备，将西红柿和鸡蛋抹点洋葱水来砸我。

她转而泣笑起来。

这是一段鲜为人知的经历，我在胸腔中压抑了许多年，窒息得紧。我说。

那年冬天，我出现在机场，那一刻引起的骚动不亚于章子怡和汪峰同时出现在候机大厅的轰动效应。

我想，如果换作是当下，我的光辉形象铁定会上头条。

低调的我，摊上高调的事，并非初衷。

我这人自律，走哪儿皮鞋都透着光亮，衣衫是素净的，裤袋里还有一张浅蓝的手绢，纯棉的，很经用。不管有钱无钱，我都是整洁的人。我想，这次毁了，真的不能用落魄和猥琐来形容站在机场检票口的样子。

安检员从上到下，从蓬头垢面的脸部，到后脑勺，连耳根也没放过，一直耐心细致地搜索到我的肩胛、腋窝。我的身材扁瘦，一双柔腻小手滑溜顺下的时候，我感觉她是一层层地顺着我的肋骨往下数的。到臀部，到我的私密处，她捂了捂鼻子，没有往下探。不过，对我的赤裸裸的脚丫她没放过，忍着酸气，十分有条理地履行着安检职责，来回过了三遍才放行。

我庆幸，我以蓬头垢面的、一副逃难的样子通过了机场安检，我悬着的心才真正放下来。他们不会想到，我会乘坐飞机逃走。

我在飞机上吃了一个烂饱，当时的惨状只能用丢人现眼来形容。

一个狼窝子逃命出来的人，落魄得连乞丐都不如。

说狼窝子，肯定会联想到这是个不好的地方。

对，的确是这样的。我被高中与我穿连裆裤的一哥们给骗了，落入了传销窝点。

那一年，我即将被提拔为车间副主任。我们一批从工业大学毕业的年轻人，没关系的都到了这家工厂。无门无路的情况下分配到这里还算不错，工厂效益中上，一年下来我就存了一笔钱。我写了入党申请书，因为她的家世根红苗正，这可以成为敲门砖。我的初恋，我和她隔着一条俗世的鸿沟，她是真正的公主，父母是官员。她看上我，这至今仍让我觉得不可思议，她对父母说非我不嫁，就像一只八爪鱼一般吸附在我身上，裹得紧紧的，怕我飞了。

这样的女孩子，我找不出伤她心的理由。

我甚至拼了猛劲，将本事发挥到淋漓尽致，不到一年，我就成为车间副主任候选人，只等考核期一过就可被任命。但终究我还是被自己的贪欲废掉了。

我很想尽快有钱，给她美好的明天。我听了同学的劝诱，辞职后留下一封信，悄悄地离开了，准备大干一场，然后风风光光回来娶她。

那时只想尽快将卑微埋掉，达到与她齐平的高度。

我是带着积攒的7000元现金和憧憬而去的。一跨进传销窝点大门就被卸了个空，我说书给我留下吧。最终，这本书成了我的救生符。我之前转移了2000元在书的内页中，一张张夹杂的，谁也不会去猜一个愣头小伙子会有这样的算计。我承认自己渴望成功，希望赚到大钱后让自己伟岸起来，但是我保护意识很强，也警觉，从不松懈的习惯帮了大忙。

我对她说，猜猜，我在传销窝点里干什么了？

她好奇，睁着瞳孔，可爱地说，不会成为是传销头子了吧？

我说，我只是你的老头子，其他的，咱不做头子。她开心，发出"嘻嘻"的憨笑。

我附在她耳边，热吻着耳垂，故意慢慢地说：我——

当窝点的——授课老师了，信吗？

她吱吱呀呀地说着讨厌，将头钻进被子里，大声说，你说的我都信。

你教些什么呀，你会吗？她连续发问，随即小脑袋又冒出来了。

我说那儿的窝点组织者见到我的履历表，发现我是大学生，就"培养"我作教员了。我讲了一个月的课，学生们听得津津有味的，幸好不太算是助纣为虐啊！因为当教员，我才和他们那些管理员混了脸熟，我才有机会查勘逃跑的路线。

"一个夜深人静的夜晚，在郊外坟地旁的小楼里，"说到这里，我突然抓住她的胳膊，她惊呼一声："呀，讨厌！"

我发笑着继续说，我从四楼窗台上，搭了一根衣服裤子连成的结实绳子，拴在水管上，将自己在水管上安固好，然后慢慢地往下滑。但滑到二楼时碰到了玻璃，于是开始有人从院坝中往外跑。我见情形不对，索性直接跳下去，为了保险起见，我没敢跑公路，而是沿着一条窄小的田间路一直狂奔，足足狂奔了半小时我才倒下。这里，应该不是他们的势力范围了。我躺了十分钟后，租了一辆摩托车，付了三倍的酬劳，一个汉子答应将我送到市区机场。我就这么一身风尘仆仆地高调出现在明亮宽阔的机场了。他们

都不会想到我会乘坐飞机，因为我聪明地留下退路，这就
是我。

我说那年我 23 岁，小丫头，你还穿开裆裤吧！

她没有吱声，一直抚摸我的胸。我的胸腔中溢满了火
热。我闻见了栀子般似有若有的暗香，从她的体内幽然而
来，带着浅浅的哀怨的诉说。

这样的夜晚，在他乡，在漆黑中，我想你了，小丫头。
很想！

2

> 生命中充满了巧合，两条平行线也会有相交的
> 一天。
>
> ——《向左走向右走》

"咚咚咚"几声，轻轻从隔壁传来。

我猛然睁开眼，喔！睡沉了。接着是清脆的说话声：
"有人吗？"间隔两次后，我听见钥匙在响动，然后走廊平
静如初。

透过清凉的蓝色窗帘，光亮隐约照了进来，塞满布帘
的缝隙。不早了，我赶紧翻身起来。拉开帘子，阳光明丽

刺眼，一下子将玻璃窗抱个满怀。我顺手推开窗户，直觉水气氤氲，澄净的气息扑面而来，多么干净爽朗的一天。

小茶几上的水竹葱茏，白白的根须冒了新芽，茂密的叶子生长得很坦诚。就像这个小旅馆的经营理念，细腻而温情，注重精神供给和人文关怀，有种宾至如归、即是在家的感觉。

起的晚了，便决定今日自由行，随心情走下去。下楼时就看见那扎马尾的姑娘正忙活，她着利落的灰白的休闲衣，翻卷的发丝有些蓬松，四周很干净。

她见我下楼，说早。面容温暖，声音甜美。

我微笑着走向她，说其实不早了。她轻笑，问习惯吗？

我说睡眠很好，只是灯有些忽明忽暗，你有工具吗？我去修一下。

她连声抱歉，让我赶紧去玩，说她老公一会儿就回来，保准弄好。

我说麻烦你了，转身走下石梯子。

桂林这个城市很平静，青山，翠水，生出负氧离子来，潮动的人群并没带走这些得天独厚的景致，不是江南却更甚江南的温柔秀美。

我走在风和日丽中，这么漫无目的地，一直下去。

前面出现了一个站牌，站台上人不少，气色慵懒，不慌不忙站在阳光下，神情安定而淡然。这里没有大都市乘客那般的漠然、焦虑，只有一种安静的坦然。我跨上去，顺着牌子上的标识，希望车子能载我去一个值得期待的地方。

99 路，靖江王城，我对照线路图确认了去处，就这儿了，我毫不犹豫作出决定。

到达中山中路乐群路口，我下车分清方位，然后往东走去，很快就到了这个有历史古韵和人文底蕴的王城宝地。

这里有独秀峰，山峰下是广西师范大学本部。两百多年前，明太祖朱元璋的侄孙朱守谦被封为靖江王，在此建造藩邸。从明洪武五年（1372 年）到明洪武二十五年（1392 年），工程历经 20 年建设完成。建成后的王城是一座规模恢宏、金碧辉煌的建筑群，背靠独秀峰的灵秀风水，占尽天机和地理优势。王城建有承运门、承运殿、寝宫、宗庙、社坛等，其间遍布亭台阁轩、堂室楼榭。王城有东南西北四门：南面正阳门上，有清代两广总督为表彰连中"三元"（解元、会元、状元）的桂林士子陈继昌而立的"三元及第"坊；东华门上的"状元及第"坊则是为道光年间新科状元龙启瑞而建；西华门上的"榜眼及第"坊是为同治年间永福人于建章而建；还有另一座城门后贡门。城门气势威严，令人心生敬畏。

王城先后经历了 14 代靖江王，明末时被定南王孔有德占为定南王府。随后农民军李定国攻下桂林，孔有德自杀，纵火将这座拥有 250 年历史的王城烧为灰烬，作为自己的陪葬。这一片焦土，现存承运门、承运殿的台基、石栏和云阶玉陛，留给后人许多遐想。

顺治十四年（1657 年），清政府在这里建贡院。1921 年，孙中山集师北伐曾驻节于此。1925 年，辟为中山公园。1937 年，为广西省政府所在地。抗日战争期间被毁，后重建。这里集王气、贵气、文气、秀气于一体，是难得的藏龙之地。

走在这座王城中，能够感受到一派庄严与静谧，有别于其他景区的汹涌人潮带来的杂乱之感。你只需随着历史的痕迹，慢慢地走进去，感受当年曾经是一番怎样的场景。

不知不觉间，我信步来到独秀峰。独秀峰又俗称"南天一柱"，在城市中央似一位尊贵的王者，于千万年中注视这里的沧海变迁。"孤峰不与众山俦，直上青云势未休。"孤立突兀，这是唐朝诗人眼中的独秀峰。南朝宋颜延也写诗称赞："未若独秀者，峨峨郭邑间。"

行路之中，我也想到了"桂林山水甲天下"一语，这是人尽皆知的概括了桂林山青、水秀、洞奇和石美的名句，它来源于何处？

历史众说纷纭，没有一个结果，有人说是宋朝李曾伯"桂林山川甲天下"一音之转，也有说是来源于清代诗人金武祥的词句。20 世纪 80 年代中期，桂林市文物考古工作者对独秀峰石刻进行了一次全面的清理，意外发现一块自明清以来就无人知晓的摩崖石刻，上面一字不差地刻有"桂林山水甲天下"的字句，书写者是南宋庆元、嘉泰年间担任过广西提点刑狱并代理靖江知府的王正功，从此这句扬名天下的诗句结束了关于出处的争论。

我迎着金色的阳光，穿过金色的大门，攀上金色的峰顶，沐浴在金色的阳光中。

我想，她一定也喜欢这里。她爱艺术的，爱一切灵秀的、古色古香的美好事物。她有一个非常芬芳的名字——乔小乔。

我的乔，小乔。我笑说我是周瑜的那一刻，她嗔怒，说我才不要你是他呢。

周瑜短命，尽管他覆手烟云，翻手乾坤。丫头不喜欢短命鬼。我笑说我是祸害千年在。我要替亲人活着，这是一生的责任，也是必须的承担。或许，这些没有人能懂。

3

　　世界上有那么多的城镇，城镇中有那么多的酒馆，
她却走进了我的。

——《卡萨布兰卡》

　　一个中西式结合的餐吧，一个寂寞的旅行者，一杯清幽的香茗。一下午，几朵白色的飘雪以及沸水偶尔点燃的翠绿和我一起静默，它们其实是热情的。与外面的人声鼎沸相对比，我更愿意和它们一起安度时光。宁静的清凉，熙攘的冷漠，毗邻而对，各不相干，却相处融洽，这就是人世间。我看见窗的对面是一块粉色的匾额，充满了幸福甜腻的画面，那是一家婚纱摄影店，刺眼，明丽得很。

　　小乔说不要轰轰烈烈的婚礼，她只要披上白色的婚纱，摇曳着纱裙，手捧着洁净的玫瑰，四处地耀。她说我是不是有看点，你会喜欢吗？

　　我笑，笑得胸腔膨胀，有些咸咸的涌动滑落在血脉中。

　　我是一个离婚的老男人，一个卖字为生的自由职业者。小乔娇小，她芬芳怒放，正值年华。我和她，隔着的不仅仅是一层层纱笼而已。我想说，小乔，漂泊，无定，你敢

要吗？

我无法给予小乔生命的承重，那时心虚，不敢许诺。如今，小乔离开了，倒是一干二净，空了。

伴着夜幕、吆喝，我走在五光十色中，肩很挺。这世界很美妙，诡异的人群形形色色地隐匿在黑暗中，兀自寻欢，日复一日地来去匆匆，循环不止。

我的房间明亮，到了走廊口的时候，隐约看见一闪一闪的灯光。

他在按开关，一关一停，我推门进去时，他连忙说不好意思，修晚了。

我礼貌笑笑，说没事，我也才回来。

再确认，他说好了，你试试，应该没问题了。

"不用，肯定是好了的。"我轻松地回答。

"一个人出来玩？"他再问。

"嗯，是的。这旅馆不错，很温情。"我说得很真诚。

我们相视而笑，他自然地坐下来，扔来一根烟。这种情形，适于一个故事的开端。我是写书人，能很灵敏地嗅到他身上好闻的淡淡烟草味。

我起身泡茶，他说我来，等我三分钟，有好茶。

他利索地去了又回，取来的一只正在向外冒气的紫砂壶，并递到我面前让我闻一闻。

我将小杯搁在鼻息中，很满足。

我问："你好这个？"

"偶尔罢了，家乡的味道。"他淡淡地说道。

"你是福建人？"

"是的。你呢？"

"我来自马鞍山，一座诗城和钢城。"

我们都露出一抹浅笑，我看见他微漾的眼睛里，有蓝色闪动。

这是个眉眼清秀的男子，却有小麦般的健康肤色。他很干净，和吧台那位女孩子很般配。我是这样想的。

他似乎能猜中我的所思所虑，很快就打开话匣子说道："这是她的家，我妻子父母的小旅馆。我的妻子，就是楼下你看到的一直在忙碌的那个女子。"

他停顿了一下，猛吸了一口烟气，继续说道："我们结婚三年了，明年准备要一个孩子。"

他笑，脸上洋溢着幸福，但也有些不着痕迹的忧伤藏在眼底。

"我是广西师大的学生，不知你去过靖江王府没？师范大学的本部就在那儿。"他问道。

"刚去，很不错，蛮喜欢。"我说。

"我毕业后没有回老家，在这里的一个小山村待了三年，我是去支教的。我的初恋是我的大学同学，她是一个条件优越的女孩子，家庭富足，父母都是大学教授。我们三年的感情，在我决定去支教的那一刻就崩塌了。她无法冲破亲情的樊笼，而我在实习时，就选择了何去何从，那里太需要老师了，我们不是一个世界的人。"

他有些许低落，半截烟灰若明若暗地轻轻抖动。突然，他笑了，抬起头转过脸颊，说道："桂林是好地方，不带家人来？"

我说我是一个人吃饱全家人不饿。然后我也笑起来。

气氛很轻松，也融洽。他告诉我，他在山里的第二年，遇见了现在的妻子，她叫秦若若。秦若若是男人的小师妹，家庭殷实。她到山区助学，更主要是为了这个男人而去的。她为了能够和爱人在一起，不惜与家人一年时间不联络，不通信。而这间小旅馆的风格，也是秦若若设计的，难怪带有别样的温馨和纯净。

男人的眼神明亮起来，呈现出湖水一般的深蓝色。

他笑了，灭掉烟头，让我早些休息。

"哦。去阳朔如何乘船？"我问道。

"这里离码头有一段距离，刚听有几位客人他们在联系游船，你可以加入，这样一起有伴，车船也方便的。我帮你问问吧？"他热心地说道。

我向他道谢，他摆摆手，关上房门离开了。

他是沉溺在爱与被爱中的男人，窝，将一个男人捆绑住。他甘愿地作茧自缚，将生命，将生活，将人生交给了平淡，交给了这个女子。小旅馆，还有一壶铁观音，这是家的味道。

晚上静下来看书的时候，门响了。

是她，那个年轻的四川女孩！

我有些意外，连忙请她进屋。她说在门外就好。

"进来吧，安全！"我这话不知道怎么说出口的，说完才觉得唐突了。

我不是爱开玩笑的人，特别是对陌生的女子。对她，我有点莫名的熟络，很奇怪的感觉。

她没有扭扭捏捏，进来坐下，有栀子的味道随风而来，我愣了一下。

她说："听说你也要去阳朔，我们这个团正好还有一个空位置，如果愿意，一起去吧。"

没等我回答，她又接着问道："你看小说?"说话的同时，她的手已经放在小茶几的书上，但随即又自然地收了回去。她很理智，也有教养，但是我看出了她是热爱文学的人。

"嗯。你也喜欢吗?"我问。

"还好，没事也看看。"

"我们明日一早出发，你要去吗？"她直截了当地将话切入正题。

"去！什么时间在什么地方集合？"

"就在旅馆外面的坝子中，7：00准时，不见不散哦！"

"不见不散，记得吃早餐。"我再次不经大脑的脱口而出，对于这个四川的女孩子，我的大脑是粉的。

很奇妙。我确定不认识她，但就是没由来的有种熟悉感。

我承认，我孤独许久了。见到亲切的女孩，我很接受她们的温暖，并不是不怀好意。我喜欢扎马尾的女子，松懈，没有半分疏离。

我和她，很自然地遇见，然后很自然地上了同一条船。

百年修得同船渡，明天。

千年修得共枕眠，后来。

4

是不是我诚心诚意的祈祷，我就能回到生命中最美好的时光，我一直以为那就是天堂。那时侯，我最爱的女人陪在我身旁。

——《绿里奇迹》

　　我在车尾，她的背影刚好遮住我的视线。她坐在我正前方。

　　顺着椅背，细软、墨黑的头发垂下，风一来，她的发梢卷起，层层地飞，有时还略带凌乱的张扬。她很轻巧的样子，上车后一直欢呼雀跃，她是一个有温度的女子，充满膨胀的青春和热情。先前见她拎了一只大口袋，装满了各种各样的零食。我笑了，微微的，没有人听见。但当我无意识伸出左手摸鼻梁的时候，她转过头，眯着眼，眼里一片春色。突然之间，我顿觉有一股热流堵在胸口，一下子溢出，眼底也闪现出一片片星光。

　　我是这么一个人，在简单中流泪，不动声色。在黑暗抱紧拳头，有鹰的警觉。

　　她和小乔的发质其实不尽相同。小乔的马尾在褐色中现丝丝赭，有种艳丽的逼仄，奔放而纤柔。她的头发则是柔软的，温顺的。不过，她和小乔的发香，都是从躯体中蓬勃而出，直至渗透在她们的精神里，让人不自觉地跟进。

　　她很受欢迎。我听见一路上他们都在唤她：

　　"小陌，小陌，递一瓶水。"

　　"小陌，来包榨菜，有些晕车了。"

　　小陌，她不陌生。她像四野中最平凡的花朵，包容着空气中的水雾，可以养活水草的蔓蔓求索。

我弯起嘴角，我知道我又范职业病了。

文字需要素材，需要现实，需要养分，它们都是我捡起来的珠贝。我的游历本身就是一本书，我可以给它们设密码，设问答，设圈套，然后复杂地将它们组合，再简单地将它们拆开，最后是读者面前的一块面包，至于味道如何，仁者见仁，智者见智。我并不贪婪地希望我的文字人人欢喜地去读，它能与有缘人挤眉弄眼就好了。

我是固执的写书人。我不写正经的套路书，而偏爱有些生僻的题材，这与独辟蹊径无关，也与标榜自己、讨巧读者没有半毛钱关系。我是一个特立独行的人，编辑曾多次暗示我随大众需求，或许收入会高出现在好些，我充耳不闻。她们多次见我"呵呵"几声后，自动忽略不计了。我有些锐利，想将寄养在生命中的各种各色的物体，以诚恳的态度，慢慢地告诉一些人，我在想什么，做什么，并告诉他们，每种存在，都是不经意的必然。

她的笑，喜乐的神情，还有些许专注。她让我捕获了一些饶有兴趣，意外地也充满期待。

她冷不丁回过头来，真诚地问我："要来一包四川牛肉不？"

我说："谢谢，待会儿饿了再找你。"

她咧开小嘴说道："饿了碰我一下就是。"

　　我马上碰她一下，在她转过头时，轻轻地笑出声。这女子说话不带半点虚伪，自然大方。以前就听说四川辣妹子，辣乎乎的爽气，似乎这说法很对！我确定。

　　我们到达磨盘山码头。送我们上船的导游是一个敏捷的当地女子，身材矮小清瘦，肤色黝黑，脸上还有几点小雀斑。她上车后将我们这两天的行程都清楚地告诉大家，并从游客中选出一名热心者，作为船上的组织者。她不陪同我们游漓江，去阳朔。她说阳朔那边安排好了，有人接，尽可放心。

　　我们挥手作别，然后漫溯风情万种的漓江。漓江似一位纤细、婀娜、清秀、聪慧的女子，于千万年间立于水未央，你来与不来，她都保持清凌凌的模样，风一吹，便卷起潮来。我们不远万里千里，从四面八方来，只是在某一刻仰卧在她的怀里，不说不诉，也可以解脱生命的枷锁，纵情放歌。

　　这一路，不知道刘三姐和阿牛哥，藏在哪座山峰哪条水域，又或化作了樵夫与打渔翁。漓江的打渔翁，饲养的鸬鹚不是很多。但在象鼻山滩上专心守候的鸬鹚，却专注、专心，它是在那儿供游人合影的道具。鸬鹚颓废，利爪不锐利了。饲养者精神，手心都是毛毛刺。人和动物，如果角色互换三天，动物会不会贪婪了，人类是不是萎靡了。

各自承受，承担后便是晴天吗？

我又情不自禁地想起了小乔，她的脑子奇奇怪怪的，她这年纪的女子，似熟女、似淑女、似娇女，也似简单的"无良"女。小乔说话，不按套路来，她是宾语、谓语、主语统统可以前置处理的人，而且可以自圆自说。她还说，等我变成你，然后我们回家隐居去。我问她，家在何处？

她不语，沉默了一阵子，拽着我的手轻轻抚摸。

小乔不化妆，她说化妆了，有一个叫骆生的书生不喜欢，这是赔本的买卖，她不做。

她懂我，我厌恶红红艳艳的躁动，厌恶在黑暗中装模作样的游走，博取血色的诱惑。

这个团共有 12 人，四川人占了大部分，还有一对老年夫妻，我是独门独户的自由人。

昨夜，我失眠了。

抱着一本《西藏生死书》，我看得似是而非，并不是我不能体悟，我的心，空寂而慌乱。那是荒芜在无休无止地蔓延，无声无息地示威，占领我的灵魂。

她的不辞而别，我居然可以接受。

我发疯地找寻她，在我们曾经驻足过的地方，包括电影院，商场，郊外我们去过的田野。

她消失得近乎诡异，人间蒸发。

关机，关机，持续的关机，到后来这号码换成了一个苍老的声音，我承认绝望是过去式了。

我没有她单位的号码，包括公司在哪儿，叫什么，我一无所知。这是我的愚蠢和不负责任。她说，在亲戚的公司中做财务，累些，但没有后顾之忧，如此我也不好多问。

这就是她。这就是我。

小乔，骆生。我有时浅笑，我笑蒲松龄，是不是也有这样的经历，从美好的画面中走下的芊芊女子，她神奇地出现，又神奇地离去。她不带走我的云彩，却是我毕生的忧愁。

还好，我来到了她喜欢的地方。一个有山歌，有水牛，有浅滩，有一切憧憬的山水中。

5

假如我望见了那个人的背影，我会披荆斩棘地追去，脚扭伤了，跳着也要追。天下着最大的雨，扔下伞也要追。假如他不等我，就让他后悔一辈子。

——《东京爱情故事》

漓江的山水，它的独特，它的唯一，它的位置，它的气候，它的人文，慢慢地沉积成了名动天下的漓江风情。站在这码头上，人潮、车海、来风、停靠的船舶以及来自天南地北的各种方言，就这么简单地汇成了一道最天然的风景。

我在漓江边上，和一群既陌生又熟悉的旅行者，奔赴一场约会。没有私密的静逸，这是盛大的热闹的聚会。就像超市里的优惠活动，大多数人都会选择去挤挤，寻求一种心理上的平衡和乐意。热门景点的旅游基本如此。所以，船上座无虚席，尤其是靠窗的位置。我走在前面，抢到了一桌，我见那女子进来，挥了挥手，示意她赶紧过来。大步过来的几个人脸上有笑意，很利索地占领了这张桌子。

这条船的空间还算宽敞、明洁，四周座位陆陆续续坐满了。有迫不及待的小孩被父母领着往甲板上去。她也很兴奋，怂恿着其他女同事一起去甲板，有男同事说她们太着急了，这才刚启航，美丽的风景一定会有许多。她没听，快乐地拉着同伴的手上去了。

起点，有时比路途中的某一处风景，更具有诱惑力，它是开端，是憧憬的前奏，期许是人世间最美好的心颤颤的慌。她们就是慌。

他们笑她们，我也笑。

对面领队的男子问我："一个人来桂林吗？"

我说："是的。"

我不清楚一个人旅行，是不是特别被关注，反正有点瓜葛的同路人都会亲切地询问。婉余独自出行，是不是也有人这么问她呢？

想到婉余，便想起了"路虎"。没有我的陪伴，它居然可以和婉余和平相处。婉余喜欢动物，但是绝不会养动物，她不喜欢被拘束。养她自己，她都觉得累。当然，这不影响她的精致人生，她是善于生活的人，只是黑暗中谁也摸索不到她的真实，她的心从来都是紧锁的。

对面的男子接着又说道："我姓秦，单名安。"

"我是骆生，认识你很高兴。"这是我第一次向他们介绍自己。

在这个团体里，彼此的熟悉让旅行更加和谐、安全、充满乐趣，这是非常重要的。这位叫秦安的男子，四十多岁，淡蓝的衬衣，套一件藏蓝的夹克，衣料细腻，做工精致，周身洁净而透明，应该是一个爱干净的男人，也或许是另一半很会打理他的生活。男人的脸，女人的贤，这种必然不言而喻，很自然地联想到。

"听你们的口音是四川人？"我这是明知故问。不过，废话有时也会成为深入了解的藉口，这叫搭讪。

"我们是都江堰的。你呢？"

"诗城，马鞍山。我们那儿也是钢城。九华山离我们那儿不远，南京更近些。"我笑着将这些托盘而出，免得这一问一答显得拘谨。

旁边一位年长些的男子插话说："九华山不错，前年去了，和青城山一样的湿润、干净，氧气离子多。"

"是的。"我回答这位老先生的话。秦安称呼他老王。我叫他王老师，他很乐意。

这时，唧唧喳喳的女人们从甲板的梯子上走下来，有人欢快地说："空气真好，就是两岸山还不高，也少。"

秦安取笑她们猴急，大家哄然大笑。

女子坐我旁边，因为其他的位子都被别人占领了，这儿是她唯一的选择。

她很自然地坐下来，我挪了挪，冲她笑笑。

四川人和外地人说话，是标准的川普，我第一次听到这么脆的翘着舌的普通话，觉得很有意思。他们在一起不说川普，直接对方言，我倒是许多听不懂了，但觉得更有意思。

她拿出塑料袋，一点点地掏出宝来，有瓜子、牛肉干、红薯干、巧克力和青枣……每一样都有条不紊地摆好，很是细心。

我说你这是宝盒啊！掏不空。

她笑，很甜蜜的样子。

她们女孩子就是喜欢这些，我们男人也跟着沾光了。

秦安拍着我说道："骆生，你尝尝辣子兔和辣子牛肉，这个是莫陌的手艺。"

"尝尝。"她微笑说。

她叫莫陌，我嘴角会心翘起。标准的女一号的名字。冒出这个想法的时候，我差点没有呛出声来。小说编排久了，竟然起了连锁反应。

我也拍拍双手，说那不客气了，便轻轻地拈了一块牛肉来吃。辛辣味顿时窜了起来，连鼻息里也是，脸部肌肉收紧。

她侧着看我，问道："辣吗?"

我说："辣，不过还好，很香呢!"接着，又补充道："超市的四川牛肉干没这么辣。"

她递来一瓶水，这样的细腻让我有些不好意思。我跟着团，什么也没买。还好，为大家抢了一个好位置的桌子，也算有贡献，想着这个，也安然些。

此时启航不久，登上甲板的人上上下下，频繁地走动，也许风景还在远方，更适合迎着风眺望。我是这么想的。

船下的人越聚越多，在他们一群人中，我除了吃，似乎搭不上更多的话。他们谈股票，说哪一支有小道消息，哪一支又抛早了，没听见谁说自己亏大了。

我几乎插不上话，便独自上了甲板。

天很轻，很轻的蓝。我伸了伸双臂，向上吐着气息，感觉舒畅的风从喉咙吸进肺中。我俯下身，看见幽幽的水草，顺着河水温柔地荡漾，河水还不深，隐约有石子铺满这一条行径的航道。我喜欢石子，小乔也喜欢。

水下有云，云上有天。我不知道该望向天，还是低垂着看春水静静地随着游船泛起波澜。此时，我的眼睛里全是湿润。

我什么也没做，望向远方。

6

是不是我诚心诚意的祈祷，我就能回到生命中最美好的时光，我一直以为那就是天堂。那时侯，我最爱的女人陪在我身旁。

——《绿里奇迹》

她浅绿色的裙，一直到膝盖，我不懂料子，但看上去很柔软，着身却挺，玲珑分明：有些圆润的小腿，臀部微翘，她是一个很结实健康的女子。莫陌上甲板，一个人，在我视线的左侧方，安静地靠着船舷。这样的空气中，有薄薄的阳光渗漏下来，明明温暖，她的肩头却是清冷的、削弱的，散落的发丝，偶尔有微风拂起来，她一动不动，任凭东南西北风由此去。

她是可以独立在风雨中的女子，我是这样想她的。她可静，可闹；可远，亦可近。她似云朵吗？

我想是的。她是我瞭望时，黑暗中浮出的出岫之云，轻轻的。我是这样记住我们相视而笑的场景的。

"嗨！前方越来越多山了。"

"嗯，是的。"我靠近她，然后慢慢地转过头。我想她是确定我会慢慢地走向她。走向她的寂静。

《我是一片云》，这首歌我唱了许多年，却没有今天这样一种感受，我或许可以为她唱，在这空旷里。但我不会这么做。其实我不懂她的心，就像她不懂我一样。我们隔着的不是山水距离，而是初相识的矜持，但又确定有些熟悉地想走近。

她笑道："你看，那座山像什么？"

"哪一座？"

"就是右方我们正对面的那一座。"她惊喜地说着。

"我看看像什么呢？像山。"

"我知道是山啦，你说它像什么呢？"

“像青青的山。”

她“噗哧”一声笑了出来，说道：“你是诗人吧？”

“不，我是作家。”

“真的？”她惊讶地睁大了眼睛，忽闪忽闪的。

“是坐在家里的‘坐家’。”我凝神回答。

她笑得更加清脆，有股脆生生的音线穿透我的胸，我觉得开阔起来。

原来，我也可以轻佻地说着不伦不类的话。我很喜欢看她笑，浅浅的左方有两个酒窝旋。

我说：“你喝酒很厉害，一定是的！”

她疑惑地闪动睫毛，否定道：“不啊！”

“肯定！我能掐算的。”我故作神秘状。

“切，才不呢！我喝得少，偶尔。”

“你看，我还是猜到你会喝酒的！”

“原来你是猜的，你骗人！”她娇斥着假装生气，眉色飞舞，煞是好看。

“莫陌，有酒窝的人都会喝酒。是吧？”我说出自己推测的理由。

“人家说有酒窝的人确实能喝酒吧。”她似乎也迟疑地喃语。

我一声闷笑，差点没毁了自己的形象。

她很单纯，眼神稚嫩而澄净。我喜欢这样的眼神，充满了童真，真诚地看人看事。

每一个人都在自己的倒影里追逐倒影，我在莫陌的眼睛里，希望看见自己，还有她。是的，我是这么想的。

"你叫骆生吧？这姓很少，真好听。"她似在自言自语。

"还行，勉强凑合你的心。"我油嘴滑舌起来。

"你贫嘴！一直是这样的吗？"她看向我，求知似地地盯着。

"见到你后我就贫起来了，这是真的，你信吗？"

"你都这么说了，那暂且信你吧！"她欢快起来，像蝴蝶颤动，洋溢着欢乐。

我不禁想起了许多年前写诗时的冲动，夜夜可以无端地吟上几句，辞藻孤独寂寞，带有深深的哀愁与悲伤。

看着莫陌，我再一次涌起了吟诗的冲动。她比水下的水草更明丽，比天上的云彩更温柔。

山高起来，我觉得我比它们还高。我心很远很高，此刻。

没由来地愉快。我问莫陌："四川哪些地方好玩啊？"

"你想去吗？"

"对！有时间我去看你。"

"噗哧！"她再次笑的清脆。

"我说的是真的，你不信？"

"好，好，我信呢！"

"四川呀，许多好地方。"

她似乎想掰着手指一个个地数，想起什么，马上放下了，自豪地对我说道："我们都江堰就不错哦，还有挨着的青城山也很好。我喜欢成都的宽窄巷子和杜甫草堂，草堂旁边的锦里有一家粉好吃，尤其是肥肠粉最好呢！"她尖叫起来，呼之欲出的食色之相溢于言表。

这是一个吃货，我敢肯定。莫陌提到吃，眼睛精光乍现，非常闪亮的样子。

第一次见到这样可爱的女子，我瞬间成了她的粉丝。我对莫陌说道："我想去九寨沟、黄龙，你当我向导吧。"

"如果我有空，我一定陪你。"她认真答道。

这是一个心思纯真的女子，我一个不明身份的男人，邀请她去旅游闲逛，她竟然很直爽地就答应下来。

后来她说："我会看相，你是好人，有故事的男人。"

"那时你就爱慕我？"我吻住她的唇。那是在九华山上，清冷的夜里，我抱着温暖的她，徐徐地问，我很耐心，希望她再次傻傻地说一些快乐的话。

我是一个不快乐的男人，但我希望我爱着的人快乐。

或者，有一天，我们也可以一起快乐？

我曾问自己，快乐与不快乐，很重要吗？

但是，见到她后，见到莫陌后，我觉得有一个快乐的女子陪着真好！

7

> 人生下来的时候都只有一半，为了找到另一半而在人世间行走。有的人幸运，很快就找到了。而有人却要找一辈子。
>
> ——《玻璃樽》

人生注定了许多相遇，都在行走中。有许多失去，也在行进中。

遇见是一种美丽，失去是一种残缺的美丽。如果不曾遇见，那都是隐匿在人群攒动中的美丽心情。

每个人有每个人的生命支点。我的支点随着家庭的碎去，丢失。如果要获得，有时必须重生，这是我的人生，也是我的不得已的苦衷。

我的母亲是一位芬芳的女子，她有淡淡的发香，淡淡的女人花香。母亲出身书香世家，外公外婆离去得早。我出世的时候，在襁褓中见过我的外公，但我肯定没有他的容颜记忆。只觉得泛黄的相片中，他很儒雅的样子，手轻轻地搭在外婆的肩上，外婆眼神安静，有淡淡的笑意溢出眼底。那是一张非常陈旧的照片了，母亲一直保存着，母亲走后，便由我一直保存到现在，它和父母的照片一起在我的皮夹中静静地，无声地给予我温暖。

爷爷奶奶没有照片，那时候农村人拍照片的机会并不是很多。爷爷是生产队长，一位根红苗正的老党员，父亲是他的第二个儿子，也是最优秀的儿子，他考上了令人羡慕的师范学校，走在方圆十里路的地盘，都很挺。爷爷是乡里连年的优秀老党员，在老家的堂屋上贴满了大奖状，但我的三好学生奖状却被他贴在最中央的位置。父亲说，那才是他的精神寄托。

爷爷说，等到我工作的时候，他就到城里来享福。

但，他什么也没等到。

我的父亲，我的母亲，过年回家途中，车翻在了大沟里，我在母亲的腹部下存活，母亲扑向我，瞬间的反应，她将我压在她的怀中。她弯弯的手臂，散落在草丛中，父亲在不远处的小石堆中，我见他的眼角滑下了泪。我第一次见到父亲哭泣，那么悲伤，又充满爱怜的希望。

他的希冀，我是活着的。

那一年，我 17 岁，爷爷 81 岁。

爷爷的眼里，没有了泪。他自始至终沉默，送我回城的时候轻轻地抚摸我的头，对我说："好好学习，我叫奶奶多给你准备些鸡蛋，多吃些，才有力气。"

他将姑姑从农村调遣来给我做饭，他对姑姑说："为了你弟弟，你得辛苦这一年，让生伢子安心学习。"

我拿到复旦大学录取通知书的时候，将它焚烧到了爷爷的坟头，爷爷没能享到儿孙的福。

我的奶奶也是。她是一位喜爱怒骂嗔笑的老顽童，一双眼总是模糊的。她有眼疾，身体虚弱，从小就是，但是她有一副很清凉的嗓子，唤我时，声音脆生生地穿堂而过。

她看我的眼神，带着些许宠爱。那时，她的眼中会有光束微微在点亮。

她是家中的大管家，爷爷平时身上一毛钱也不爱带。爷爷说他每天清晨叫唤老婆子要钱的时候，最有精神头，这是日日的功课，年复一年的执着。在奶奶眼里，他哀怜讨巧，他装成乞尾的小狗，讨奶奶欢心。他喜欢在奶奶磨蹭数钱的时候，一遍又一遍地假装催促，于是奶奶就骂起来，娇嗔的样子，和姑娘没有两样的。

我看过这样的场景很多次，一幕又一幕的，让人感动。在奶奶的眼里，所有都是平静的湖水。

她将我每年的学杂费准备得好好的，用泛黄的白手绢一层层裹紧，因她有腿疾，还专程叫了姑姑送来。

母亲和父亲给我留下的钱并不多，当时他们学校分配福利房，交了第一次款项，后来我将他们最后的存款，买了这套75平方米的房子，这是他们的窝，现在我替他们守护。

是他们太过薄命，还是我太过命硬。我不知道，但是我很恨自己。一直对自己憎恶。

小乔曾说我的眼睛里有蛇的冷漠，有些时候，也有小兽的熊烈。

我问道："你怕不？"

她回答："你是蛇，我就是蛇精；你是小兽，我就是小兽的小兽。"

然后她摸摸我的头，俯下身，只闻闻我身上的味道，然后嗔怪道："呿！有猪圈味。"

我们笑起来。小乔总有奇思妙想，她是喜羊羊。

如果我是兽类，我想自己是一头狼，一头来自南方的狼，带着母灰狼一起去流浪。不等我说完，小乔每次用"切"来结束这样的笑料。然后转身将我的凌乱不堪的电脑桌清理掉，再换下床上纯棉的床罩、枕巾和枕头，这些都是小乔搬来后换的。她喜欢棉质的布料，说能嗅出古老的气息，那是令她可以安睡的粗纤维，接触后对肌肤也好。她总是给自己找许多借口来实现对家的填充，合宜，恰好。

　　我不知道每一个女子，她们心里的男人是什么样子。我对陌生人，特别是陌生女子充满了疏离的热情，我对她们无公害地笑笑，但是嘴角是平整的。只有对小乔，还有此时和我并肩着的莫陌，我们一起眺望远方，我嘴角是向上的。

　　我说道："怎么一个人上来了？"

　　"他们玩纸牌，没我多少事，我想吹吹风。你呢？"她突然转向我问。

　　"和你一起吹吹风。"我笑道。

　　"切！"她清脆地发出一声鄙视。我顿觉异样升起，酸涩瞬间涌上来。

　　这是小乔的声音。或者这一瞬间，我觉得身边的这位女子，她和小乔有什么区别呢？

　　有种拙朴，璞玉之色。

　　她不清楚我此刻的翻江倒海，慢慢地拉开话匣子，问我那像什么，这像什么。一会儿又说"你看这水怎么这么绿啊，瞧！那来了一片云"。

　　直到甲板上声音越来越汹涌，有游客选择了这个角落拍照，我问她："去哪边？"

　　"我下去吧，看看他们的战果。"她迎着人群，走了下去。

　　我依旧独自一个人，寂寞地看天，看水。

说女子望天的时候，她其实什么也没看，只是寂寞了。那我呢？

此刻是寂寞吗？

天就是海之子，水也是海之子，我只是心随着海之子去随波逐流罢了。

8

当你年轻时，以为什么都有答案，可是老了的时候，你可能又觉得其实人生并没有所谓的答案。

——《堕落天使》

婉余说，孤独是一种病，寂寞是一种病，它们的引擎是无中生有的想得太多。

我说，孤独是一味药，寂寞是一味药，它们搅拌搅拌后便是无所不能的处方。

婉余打拼她的忙碌，于是她将病根隐藏并深种下。

我消耗掉我的忙碌，因此我的病根分分秒秒都在，习以为常这就不是病了。

我和婉余坐在彼此的对岸，彼此看得清清楚楚，我们是什么样的小兽，我们是一对不磨砺、只揭露的小兽。有时揭竿而起的抵对，可以捏出水分，但从来不刨根问底的一网打尽。

婉余简单，其实她的故事也未必复杂。

财经学校、建行工作、建行辞职、首饰品店老板，短短几个字便概括了她走过的人生。

她是典型的三高女子，个子高，喝酒高，眼观高。于是，她就成为了三无女子：无男友，无宠物，无牵挂。

但她要约会。她喜欢头顶茂密着小森林的小男人。喜欢略带小天真，有小兽般脾气，能讲许多新奇故事的小麦肤色的小男人。

我说她这是病态，以豢养的心态溜帅哥。

婉余笑着回答道："和他们打打羽毛球，喝喝啤酒，唱唱 KTV，你不觉得这样的人生才是丰富和情趣的吗？像你这样的老男人，古怪离奇的，也只有小乔才把你当宝，其实就一棒槌。"婉余说话的时候，斜眼瞄着我，很洋溢的样子。

不可否认，我是大砖头，方方正正，棱角分明。

我的前妻相中我的时候，我的杀手锏就是不闻不问，爱理不理，我只和男生交往。我那时是学生会主席，工业大学女生少，少有姿颜娇美的女生，她们爱的焦点几乎都投向我。何况她并不是很突出，清秀端正而已。

她也少语，做起事来却麻利。她是生活部的成员，也算我的一位得力干将。

后来知道，她在家并不做事，是独女，娇小姐，十指不沾阳春水。她为我委屈蹲在生活部，只为这样才有机会接近我。

我结婚的时候，婉余并不在，她也没见过我的前妻。

婉余后来说："骆生，幸福就是学好数理化，不如有一个好丈母娘，你要珍惜。"

我珍惜。我的初恋一直锲而不舍的等待我。

我逃出传销窝点后，回来再也不好意思见她。我决定再次创业，找到初中一哥们后，我们开了一个火锅店，不是很大，只有十多张桌子，但地段非常好，在两条马路的岔口处。营业三个月，意料之外的红红火火，我们兴奋之余，准备盘下隔壁的店面进行扩充。正当顺风顺水时，遇到了一件我们无法改变的事情。

市政工程道路改造开工了，就在店的前面。起先还有客人依旧陆续前来，但随着时间的拉长，便只剩下零星的客人了，这是致命的打击，彻底要关门了。餐饮不像其他的行业，这个现实，一旦生意一落千丈，挽回的机率十分小。

我的希望化为了惆怅，人日渐消瘦下来。

她来了，说："我们结婚吧!"

我苦笑道:"我拿什么与你结婚?"

她笑得温柔:"有你就行了。"

婉余后来说:"这样的女子,她不图什么。或许,那时她是真爱你!"

"你像一只独立特行的小兽,有她无法读懂的神秘世界,充满了未知,是她无法企及的遥远。你是一片云,而她是喜欢云朵的女子,她喜欢看天看海,刚好什么你都撞上了。她的心里,距离是最好的吸引力。"

婉余说,这么多年,我还没她总结得好。

我不辩驳,好与不好,都在风里了。

有些遥远是我们用一辈子也无法抵达的。我们用青春去赌一场明天。

那些非常风光的日子,是她带来的。确切的说是他父亲赐予我们的那几年美好。

我们做得很大,倒卖铁矿石,还有一些能做的相关的生意,我们都做。

在城市还是自行车到处叮铃铃的时候,我们有了一辆价值不菲的汽车,带着她很拉风地到处窜。

我和她舅舅一起扩张生意,我们买矿山,与这座城市毗邻的邻省的一座矿山。

后来,这桩生意我们失算了。项目在省外,我的岳父也鞭长莫及。

设备到位，人员到位，资金到位，我们的审批手续却被卡住了。

这一拖就是三年。车子没了，房子空了，人也去了。

将矿山低价处理，能还的钱先还上，差一截，没有人给我们填空。砸门的，扔玻璃窗的，神出鬼没在我们面前讨债的，像瘟神一样随时跟进。她是金窝子中长大的女子，我实在没办法了，对她说："我们离婚吧，躲过这一劫。"之后再也没后话了，我知道我不能站起来，她也知道。她和她的家人离开了这座城市，我们再也没见面。

婉余说："有些人注定相见恨晚。你和小乔就是。"

她说我讨女人巧，会有人不由自主地爱上我。

我问："你没爱上？"

她说："你那怂样，有多远滚多远，你不是我的菜。"

"你的菜是小白脸！哦，是小黑脸。"我笑着补充。

我知道婉余喜欢大叔型的。她为了那个男人，一直这么单着。他没福分娶到她。

他是婉余银行的上司，他们相爱的事闹得沸沸扬扬的。婉余辞职，他去了保险公司当副总。这男人已婚，据说分居了三年的妻子就是不离婚。

其实，她折磨的不是谁，而是婉余。

　　婉余的痛不是自己和男人的离职，而是男人的车祸离世，无疑，这彻底将婉余打进了深渊。她和我一样，经历了最亲密最亲爱的人的离去。我的亲人离去，我在现场痛彻心扉，不能自已。有种疼，却无声无息，她连这男人的最后一面也没见到。他的妻子不许，那时他依旧没能摆脱命运的桎梏。这就是人生。

　　如果孤独是一种病，婉余就是那时落下的病根。

　　如果寂寞是一味药，我是在长期的煎熬里寻到了秘方。

　　我的药方只对我自己有药效，再怎么向婉余传授，都是于事无补。

　　是药是病，其实无法说清楚。

　　比如现在，我一个人沐浴在阳光中，一个人回忆这些零零碎碎，眼睛依旧望向的是远方。

　　身边人群攒动，我听见他们上来了，嘻嘻哈哈的。

　　她来，寂寞便走开。

　　这一路的山水，才刚隐约显现。

　　我很期待。

10

　　世界上最遥远的距离不是生和死，而是站在你面前却不能说——"我爱你。"

——《星愿》

秦安走在中间，但是他周身的气息却在最前头。他是一根指挥棒，不用旋转，他们都自然围绕他前行。

月亮和地球，地球与太阳，太阳与星系，星系与云河，谁的磁场大，它们就粘着谁。这就是亘古的自然定律，万事万物，人群走兽，飞鸟鱼虫，都是一样的理儿。

我有一次无意间听见莫陌称呼他秦处长，更确定他是领头的。

莫陌走在他们旁边，虽然笑吟吟的，但我总觉得她散发着一种淡淡的应和。她的雀跃是她的本性，她的应对是她的本分，乖张中有自我，不同于其她的女子。

秦安见我在甲板的角落，招招手示意我走过去，融入他们的队伍。

团队中的那一对长者，妻子随着队伍上来了，丈夫尽责地照看大家的旅行包。老年人是块宝，在哪儿都是，他们在家为儿孙们操心各项琐事，在外碰见有缘人，他们也在无私奉献。这是中国式老人，操心一辈子，为爱一辈子，却少有生活的索求。

莫陌挽着老阿姨的胳膊，亲昵地说笑着，从我身边过去。我随着他们的背影走在了甲板的右方。

人群的热闹，促使温度的急剧上升，日头也很暖，这是四月天里的云烟，挂着些许发烫的烧灼，轻微微的，渗漏下衣服，小刺着肌肤。

天晴，四周开阔，我才真正地关心起风景来。之前都是一种茫然在山水中的状态，近似凝滞的神情。

孤独是麻木。有时是麻木的功效，作药引。每个人都会遇到这样的时候，不说不思不想，只呆呆的闷着。

空气是桂林山水中最有特点的，我觉得是如此。桂林山水在画中，在电视里，在 20 元的钱币中，我们都见过，都有些印象：奇峰、浮云、水牛、竹排、清流，甚至石子，倒影在心中。唯有这气息，是无法用视角来感官的，体验的乐趣就在于实实在在的融入，你才知道到底是怎么回事。

俗语说：实践出真知。就是这意思吧。

慢慢地，河道宽阔起来，水面活跃，一改之前的虽有群山抱，却是姿态索然的意味。水下的浪，越来越高，行船远远地能看到彼此，悠然你跟着我，我随着它，这是漓江水域行来行往的旅游客船，与渡船区别很大，就是供游人观赏山峰，俯望细水长流的。

行船速度保持一致，平稳舒坦。前面不少人拍照留影。背景逐渐雄伟起来，身后的壮大才真正开始壮大起来，群山矮矮高高，错落有致，很诡异的层层叠叠，能看出去，又不能看出去，一山更比一山高，总之都是山叠着山，山挨着山，山连着山。

你看，那是什么？像什么？一位团里的女子惊呼着。

斜右方的青峰上，形成了各具形状的影像，刚好，广播中说着九马画山的故事。

据说，周恩来总理与陈毅同游漓江时，陈毅看出七匹，周总理则看出九匹。后又传说，美国前总统克林顿在九马画山前看出了八匹。

当地民谣唱："看马郎，看马郎，问你神马几多双？看出七匹中榜眼，能看九匹状元郎。"看来，这九马画山学问很多，需要非常清晰的思维组合成图，是一种综合智慧的体现。

"六年久识奇峰面，五度来乘读画舟。"这是清代两广总督阮元的题作，传闻他六年之中五次路过这里，却未得九马全貌，遂遗憾挥书泼墨留念。

有记载九马画山是这样的："从兴坪溯江而上四公里有一山，它五峰连属，东南北三面环山，西面削壁临江，高宽百余米的石壁上，青绿黄白，众彩纷呈，浓淡相间，班驳有致，宛如一幅神骏图，明代旅行家徐霞客这样描述：'其山横列江南岸，江自北来，至是西折，山受啮，半剖归削崖，有纹层络。绿树沿映，石俱黄、红、青、白，杂彩交错成章，上有远望如画屏，故名画山。'"

有人兴奋地呼唤："莫陌，赶紧的，你来数数，能看出几匹来？"

莫陌掺进热闹的人群中，开始挥舞起手来。她的小手很灵活，估计她常常喜爱用手掰着数数字，我先前就意识到了，这是自然而然的习惯了。

他们数，我不动声色地数，我是学理科的人，对于组合是感兴趣的，莫陌兴高采烈的不停报告："我又发现了一匹，你看！"她扰乱了我的心思，我到底数了多少匹，倒是忘了。

有人不经意地说："这里不是九马画山吧？"

因为我更安静，所以即使轻轻的声音，也能穿透我的耳膜。

我环顾一圈，似乎真是这样的。

他们还在使劲地数，莫陌笑出了声音，还有其他人，这个团的人疯疯癫癫的，自乐其中，并未发现这个大乌龙。

他们笑，我心里更笑得欢，与他们的笑是区别的，一个局外人看着喜剧中的人自伴自唱的那种会心的笑。

此刻，我觉得我有点猥琐，我没有告诉他们这里不是九马画山。

似乎只有傻子才会去扫了他们的兴致。特别是看着莫陌高兴地笑着，我心里也随着她开心。

她绿色的布裙子，绷着微微翘起的臀部，丰满而细腻，在我前面的人群中，那么的特别。

女人的心好，是男人用智慧发现的，女人的身材好，是男人用索求发现的。二者都是男人在意女人的真实想法。

莫陌并不是那种漂亮得脱颖而出的女子，但她在一群女子中，绝对有一种独立于水中央的清倔。不好用语言来形容和描摹，她是那样的令人心安，心定。

当他们发现九马画山在前面的时候，他们该是怎样的表情，我有些坏坏地憧憬了。

特别是对莫陌的反应，我很期待。

11

我现在才知道，他能够开开心心在外面走来走去的，是因为他知道始终有着一个地方等着他！

——《春光乍泄》

莫陌是典型的一颦一笑里挂着珠儿的女子，我是这样定位这个刚认识几天的小女子的。

她多情而温顺，柔美中饱含刚毅，她是敏感的，纤细的，眉梢或藏了些许哀伤。她眺望远方时，那么的飘远，气息、眼神，甚至我感觉到了她的思想也是，不知道她神游在何处，又落脚何方。

一片云，另一片云，触摸不到的遥远又极近。隔着山高水远，莫陌在和谁相聚？

一片云和一片云，谁也不能确定它们相聚于何时。我是敏感的，心理的成熟，对人事的疏离，让我有更为清晰的判断力和更多的感悟力。远远地，人生中这样的距离，往往能读懂一些想读懂的人事因由，清楚他们的肌理和脉络的走向。

不去触碰。这是我的原则。

每个人都有自己的故事，这些故事每个人都有一个八宝箱，将它们收集于此，然后交给时间保管，交给未来理清，交给一生想交付的人。

秘密因为没有公诸于众，才成为了秘密。

秘密很诡异，吸引人。不去打探或弄清，并不等于我对有些秘密不感兴趣。

常人都有的通病我一件不落下，比如对未知充满探求欲望，我不主动，但并不拒绝。

与莫陌的萍水相逢，这种机缘巧合本身就有秘密的色彩。多年以后这丫头说，这是神的旨意。我没有辩驳，甚至认为她是上天派来收服我的魔女，魔女妖气，莫陌不。但她让我欲罢不能的情感，有那么一瞬间，我觉得她是母亲了。谁能离得开母亲的怀抱？

莫陌有安然的神情，淡淡的情怀里该是有芙蓉花的寂静美丽，我很心安。在她的注视下，我分明见到了阔别已久的亲人的模样。我其实想保护他们，我挂记我是男人，我成人了，还有要告诉亲人，山菊花又开了。

我想保护莫陌，对，就是这感觉。我几乎在某一刻，落下泪来。

我是一个坚强的男人，我的父母、爷爷奶奶、外公外婆，他们清楚地看到了。

一个孩子的行走，总有亲人注视的目光，即使黄泉永隔。有磁场在大地上奔跑延绵着，他们追逐我的步伐，不远不近地保护我。我知道，一定是这样的。

秦安很热心的样子，挎着相机，他的姿势比镜头里的美女更撩人，一会儿东斜，一会儿西摆，一会儿蹲下，一会儿拉距离，他是很富有感染力的一个人。

女子站在山水中，谁是风景，都是最美的衬托。在旅行中的游人，他们的表情都是妍开的花朵，最真最纯，是快乐的。

等拍照的人猴急，一个个迫不及待中。拍照的人兴奋，或许李永波打羽毛球的移动速度也没他这么有节奏。我在一旁看着他们，笑着想着。

莫陌也手舞足蹈，她很耐心地等待同伴的尽兴，寻机会再上去。

他们叫："莫陌，赶快来合影！"

莫陌回过头来，对我说道："骆生，你也来！"随即归到队伍里去。

我摆摆手，示意他们自己合影。

秦安说："骆生，别婆婆妈妈的，赶快来，听团长的哈。"

我起身快步上去，让人久等了不好。拒绝，此时最不合时宜。

莫陌站在我前面一排，与我近距离的挨着，她的衣袖散发着体温，那是阳光的味道，还有蔓蔓的青草味。这是我从未闻过的芬芳，即使小乔也没有。小乔的体香中多少有些柔腻。

莫陌是青草的味道，自然的散落，却不熄不灭，无时不在。

漓江上的风在飞，从她的头发上飞来，掠过我的肌肤，我的手轻轻地拽了几根她的发丝，我嘴角含笑。她却不知。我有点小男人了，也许是。

　　每一个男人，都是孩子。他们总想长大后保护女人——母亲，妻子，女儿，这是他们天生的责任感和保护欲。但是，他们又总是在温暖的怀中失落自己，将最为脆弱和童真的那一面，留给最亲最爱最敬的女人。女儿、妻子、母亲，他与她们无法分割。年幼时，他是母亲怀里的儿子。长大后，他是妻子的大孩子。有了生命的延续，该是父亲威严的时候，他总是说："宝贝，给我一块糖，我也要吃。"他也学会撒娇了。

　　我和前妻没有孩子。渴不渴望孩子，我并不知，这是真实的想法。

　　也许，当我有一天有宝贝的时候，我不再会迷茫这个答案。

　　秦安找了一位旁边照相的游人，告诉怎么拍，然后跑跳着进入队伍行列。

　　我和秦安并肩站着，他快乐地笑对镜头，侧着的脸庞有放松的笑意，我咧着嘴，对着远处的山水。山水寂静，远方寂静，我们的声音回荡在"茄子"声中。

　　这一群人，三三两两的，各自放纵着自己的身姿，不同的背影角度，不同的山水际遇，在一阵阵快门声中保持同样的心情。秦安将相机给了莫陌，莫陌似乎兴致高昂，为大家尽力地拍着照片，俏皮地叫着"往这边，这边挤挤，再靠左一点"。他们在她的镜头摆弄下，一个个开花似的，融入在身后的千山奇峰中。如壁挂在云峰上的花朵，潋滟的活脱。我看着他们，和秦安并倚在栏杆上，在不远处笑着谈论他们。

秦安说："来根烟？"

"谢谢，我不抽烟。你们真是一群开心的人，团长好，大家也好。"我笑着说。

"出来了，就是放松心情，憋在办公室，一个个都像老头子和老太婆了。"

"莫陌年轻，她不像吧。"

秦安大方地笑出了声："莫陌才 28 岁，当然不像我们奔四奔五的人呢！"

不过，秦安猛吸一口烟，没有说下去。他望向那一群人，眼里闪动着什么。

我看清了，他的目光里有心疼，其实男人的敏感不亚于女子的触角。

比如我，我见秦安闪动的都是满目的怜惜。我们这样静静地看着他们，在吵闹中，莫陌依旧挥动着手臂。我的眼神随着她飞扬的动作跳动。

我，疼了，没由来地心在痉挛。

12

当你年轻时，以为什么都有答案，可是老了的时候，你可能又觉得其实人生并没有所谓的答案。

——《堕落天使》

阳春三四月，是漓江最为丰富多彩的季节，游人如织，春光旖旎，四野蹁跹，多情的漓江，这个时候最为丰满，惹得四面八方的朝圣者驻足。

漓江历史上又名"桂水""桂江""癸水""东江"，以山青、水秀、洞奇、石美冠绝天下，享誉中外。漓江的山，是典型的喀斯特容貌，形成了独特的岩溶地形。从桂林东北兴安县猫儿山发源，至平乐县恭城河口，全长170公里，绿绸般缠绕在山石和滩涂上，山映水，水含山，漓江的景致就在这山水间美名扬。这是上天的垂青与眷顾，是鬼斧神工的天然造物。

漓江，这是桂林老百姓的福祉，身在江水中，人于画里游，生向景致求。

有诗道："江作青罗带，山如碧玉簪。"漓江山水永不分，白首不相离。

它们永恒吗？其实世间从来没有永恒，再缓慢的消褪，都在不知不觉中悄悄地进行。

我和小乔就是，她已经多日不曾徘徊在我的心田。

也许，用一段情来遗忘另一段情，是最为直接和有效的止疼膏。但，我从来没这么想过。对面那个女子，她只是和我萍水相逢，转侧在人生旅途的一隅，然后道一句：原来你也在这里。

再然后，相视而笑，擦肩而过。这就是人在旅途中的缘分天空。

我们会遇见许许多多的陌生人，遇见那些也同样孤单的夜游人。

我写诗，写给网络上遇见的形形色色的女子，她们或娇柔，或深邃，或俏丽，她们大多和我一样戴着疲惫的面具，行走在臆想的空间里，有暧昧的暖色，时时隐隐的。我靠着这些微弱的灯，才点亮了生命最后的火种。

她们成了我的"救命恩人"，我感恩。因为懂得，所以慈悲。

人生需要警醒，小乔就是那根细小的针，扎进了我的死穴。

小乔说："看见你在扩张全部的空洞，我有些心碎，不单单是疼，还有恨。"

　　小乔是我的小说粉丝，那时候我写短篇，诡异奇妙，与众不同。她就是这么加上我的 QQ。我的 QQ 群中，她是众多的一员，但是很特别，因为我们同城。我当时不知道罢了。

　　小乔知道，她很早就知道了。

　　她基本不和我说话。但有一次，她竟然出乎意料地约我，说："妄石，我们见个面吧！"

　　她很坚决的语气，不容我有思考的时间，只说道："今晚八点，喜悦咖啡吧，不见不散。"

　　对！我叫"妄石"，网络名字。

　　我不是犹豫去不去，而是根本就不愿意去，我连请这位女孩吃一顿咖啡餐的钱都没有。这就是我的现状。

　　快七点，我打开 QQ，看到她留下的话："妄石，不见不散！清儿。"

　　她叫清儿，也是网络上的名字。

　　我埋头，有丝丝不安滑过，有点拿不定主意了。

　　去？

　　不去？

　　我请客？还是——

　　她请客？

　　哦！我抱着头使劲揉了揉糟发，一个男人，落魄到这个地步，还怎么约会？我除了自嘲，还能做什么？

我决定去一趟。我是一个见过世面的男人，什么样的局面没应付过，何况应该是一个小姑娘吧？名字很清秀。她不怕，我还怕了？大不了将人抵押在咖啡馆打工偿还消费的债务。

我这人胆子大。都说人一旦什么都没有，胆子就大，或许是真的。但我觉得我是天生的，与一无所有没有半毛钱关系。

喜悦咖啡是一间中上等的西餐咖啡吧，坐落在清静的商住区一角，这里是城市的心肺枝叶，白领、公务员和商人们都喜欢选择这个地段的房子。咖啡吧的定位自然是有针对性的，周边的人群决定消费层次。

这妞也够狠的，我想了想，咬着牙打了一个的士，装腔作势地将我前几年风光时留下的一件夹克披在身上，我就这点值钱的行囊。出门时，不知道是无意还是有意，反正我比较正式了一回。

多年没有正式的女朋友，或者叫现实中的女伴，我并不觉得孤单，因为网络上我很幸福，我很奇葩，再隔多年，想起来都有点眩晕。但我并不后悔曾经的所作所为，我是真诚对待每一个人，每一段文字的。

她招招手，似乎能一眼看准是我似的。对，是看向我招手的，坐在落地窗帘边的小女子。

远些望过去，她很清秀的模样，米色的小风衣，刚过肩的直发，静静地招手，似乎是老朋友常有的聚会般。或许，我可以理解为情侣间的相会。四处橘红的暗影，隔着一层薄薄面纱似的感觉。她那个角度，我刚好可以看得较为直接，她坐在我一眼能认准的地方。斜角的明处，她开了台灯，白炽灯下的暗格，温柔地打在她身上，神秘而明了，她是一位很有教养的丫头。

我这流浪的汉子，有佳人约，约在灯火阑珊处，不知道是她诗意，还是我更有诗意的情怀。我是这么想的，此时此景适合恋爱，真的，我这样涌起感慨来。

"妄石，现在七点五十七分。时间是金钱，你很节约。"

我有些莫名其妙，这女子是大方，还是幽默，我当时的想法甚至联想到了是不是骗局。

"我是清儿，放心，咱是良民。"她有些鄙视我的猜疑，我想她看出了我的顾虑。

我一清二白，哦！应该说是一穷二白的，我怕什么。我也好笑。

我假装绅士地伸出手，说道："你是清儿吧！认识你很高兴。"

她的手放在我的掌心上，很温暖，就像这暖洋洋的秋阳余温在夜里，在风儿中打转，不但舒坦，而且凉意中全是成熟的气息。她的手很软很柔腻。

我坐下。

"来点什么？"她问。

我看看她的杯子，说："同你一样，铁观音吧。"

接着便是一阵寂静。

"我叫清儿。"她打破沉默。

"你似乎介绍过了。"我笑道，接着又说道："我不用介绍了吧。妄想的石头，妄石。"

"红楼梦里的石头吗？"她略带天真地反问。

也许是，也许还在努力中。我被她这一问，笑着，放松下来。

我笑，她也甜甜一笑。

滋润的唇，茶香袅袅在她的身边，我为她冲了杯热水，她凝眸只顾着看我，很细致的模样，倒是让我脸红有些羞涩了。

我一个大男人，在这样的情形下，反而不知所措了，但装得很淡定。

"妄石，我看你的文字，许久了。我喜欢你的小说，它和你的诗歌不同，你的诗歌迎合读者，但小说……"她没有继续说。

想起一些女子说读我的诗歌会涌出泪水来，我是相信的。因为诗歌中，我的沧桑、情爱、迷茫全在其中。但面前这个女子，她说她爱我的小说。

她说："妄石，你是写小说的人，如果你将最丰沛的精力花在写小说上，一定会成功。"

她是清儿，也是小乔。

我们的第一次约会，她让我目眩神迷，不知所措。但她坦诚明白的想法，有些深度，在浅浅的茶香中会不自觉地让人去思考，回想。

我不是漓江石，我不够绝美壁立。后来我成为了清儿的石头，小乔的骆生。仅此而已。

第三篇　清泉石上流

花　环

那个我挚爱的女子，要到冬海的彼岸

她说那里花朵正结出花籽，她想采集一些

种在我的庄园

她说，花一开满就嫁过来

那个挚爱我的女子，要化作蝴蝶渡过冬海

她要我留下来翻土整垄，搭建城堡

她要我，待到春暖花开，用鲜花铺满她来时的路

再用香甜的花环圈套

我们的一生

1

我明白，爱情的感觉会褪色，一如老照片，但你却会长留我心，永远美丽，直到我生命的最后一刻。

——《八月照相馆》

船是一只奇特的摇篮，让人保持着警觉，又怀有满心的安稳，这是一种矛盾的情绪。

穿行在漓江丛山绿水中的旅游船，服务是面面俱到的。

我和秦安在甲板上闲聊，男人的视野开阔，思想一经启开，便是关不住的话匣子。我和秦安聊足球，不聊中国的足球，但凡有些对味的球星，我们都各抒几句。我喜欢劳尔·冈萨雷斯，他亲吻指环的模样和一双郁蓝的眼睛，很迷人。

秦安评价说："他是一个传奇，永远的七号球衣，永远的奔跑。"

我们都笑起来，男人欣赏男人，角度不一样。

我说："他像诗人，颓败地开在时光中，却一直旺盛而不屈。他生就为了寂寞。"

每一位有故事的男子，他们都寂寞。更何况这位金碧辉煌过的皇家马德里队队长呢。他年少成功，却在落寞中离去。

秦安诧异道："你蛮诗意的嘛，出口就是文采。"

我说："偶尔写些小诗，不成章。"

他笑道："写文字的人都落寞，所以我们都喜欢他。"

"你也从事文字工作？"他点点头，没有作声。

"秦处长，骆生，快下来！"

莫陌爬上楼梯，在出口处冒了小脑袋，呼唤着我们。似乎我和他们已经很熟悉了，我突然有了这样的感觉。

桌子上摆着两碟花生米、两盘小煎鱼、两碟牛肉片和两碟卤味，加上之前莫陌带来的川味，可谓丰富至极。

秦安示意我坐他旁边。我坐下时，刚好旁边的位置空着。我见莫陌不在，回头望，她还在点菜。"这丫头还真会安排伙食。"我笑道。

秦安接着道："莫陌的组织能力强，是我们处室的宏观家，什么都是她说了算，笔杆子也是一把手。"

秦安很自然地道出莫陌是从事文字工作的，这让我想起她在小旅店看见《西藏生死书》时的模样，很惊诧，随后又很淡定的模样。

对于旅行中的人，带着书本出来的不多，看《西藏生死书》的人也不多吧。我直觉上相信，莫陌应该读过这本书。后来印证我的触角确是不同一般人，事情的确如此。

两瓶半斤的泸州老窖刚打开瓶盖，秦安就拿在自己的鼻子面前闻闻，说道："这是老酒！"

"好眼力，秦处长猜猜是哪年的老窖了？"那位年长女子问。

"不下十年，应是在十五年左右的老酒了。"秦安很内行似的答道。

"秦处长厉害，确实是十六年的酒，差两个月十六年。我老公在泸州出差时，朋友送的。他不喝酒，所以保存到现在了。来，大家一起来分享。"

四川女子，似乎天生就带有豪爽劲。但莫陌的爽朗中带有绵绵的柔，弹性很好，我是这么给她贴标签的。

莫陌在我身边坐下，说点了一份特色鱼。她用余光斜瞄了我一眼，这是很微微的动作，被我抓住了。我想，在桂林那晚的自斟自饮，莫陌全看在眼里。她的细心不是我能形容和感悟的，就像母亲照顾她的孩子般，孩子需要的，她自是会准备好。

也许，这是她工作中练就出来的待人接物的本事，自然地发挥出来了。我这样想的。

秦安说："别辜负了这良辰佳酒，人人都满上。给两位老人家也满上，一个都不能缺。"

　　秦安是典型的指挥者，他的话音铿锵有力，不同于我们在甲板上时的交流，那是男人之间的默契与懂得。这里，他是召集者，特殊的身份，让他自然有魄力和情怀。

　　我也不好推辞，我是不擅长白酒的，这样的情形下不喝是矫情了。我端起杯子，在秦安热情演绎的祝酒中，慢慢地品味白酒的烈性。

　　这酒微黄，稍稍有点粘着酒杯壁，在手中摇摇倾斜，酒香沁人鼻息。我打量四周，看这一群人自得其中，并不介意他人的眼光，我也坦然起来。

　　酒入口是辛辣，非常刺激我的喉，我稍微抿了抿，在口中饱含着并不下吞，这时的酒很醇，不似刚才的热辣让人无法承受。

　　好味甘来，需要的是等待和熟谙。

　　我准备下筷品尝一下煎鱼，低头，却见小盘中两条鱼儿在中央。

　　我抬头，看见莫陌在微笑。我嘴角微翘，向她示意，没有出声。

　　这是一味奇特的漓江鱼，它有浓浓的姜蒜、醋、大葱、肉末的沁人香气。我闻到的不止这些，还有莫陌身上淡淡的发香和体味。香味似有若有的飘荡在微风中，我想只有我能闻见。

莫陌的眼睛，充满了女人的包容、接纳、深邃和给予，却又干净透底。

我想，每一个接近她的男人，都会爱上这双眼，善良而慧气。

秦安一时兴致很高，和那位长者猜有无的游戏，用花生米做子。他说猜六下，一小杯两拳为量，酒可以内部消化，只为助兴。

结果秦安五比一赢了，长者喝了一小杯，另外的都秦安独自饮了。

他侧过头说："骆生，你也来猜猜，你坐庄还是我坐庄？"

他很尊重我的意见，不过，猜拳这事他直接了断地为我定了，一定要我和他热闹一番。

"秦哥你坐庄，我来猜。"我亲切道。

我和秦安都是见过世面的男人，许多男人的心事只能男人心知肚明，比如这猜有无，小小的游戏，却有许多哲思、计谋，包括胆量。秦安和我的猜测，是一种心理揣度，谁更懂谁。

莫陌在旁边一脸兴奋的样子，期待着我们的对决。

我忍不住想赢秦安，这一刻有这么雄性的一面刺激。我集中精神，全力以赴猜拳。

秦安先出无，我落败。

第二猜，我说无，秦安将手缩回去，认输。

第三猜，秦安思虑几秒，伸出双手，叫我任取一个手。我说"请秦哥有子的手伸回"，他回缩左手。我说"秦哥的右手一定是无了"，他笑笑握回拳头。

莫陌睁大眼，我瞧见她很惊讶，也高兴的模样，兴致更高了。

第四猜，秦安输，我依旧猜无。

男人的心计，在这问题上最凸显。秦安越是深算，我越是抓住他的计策点，正好捕捉到了。秦安五次出无，我全中获胜。

莫陌眼里，慢慢地露出迷茫不解。

我望向她，轻轻地点点头，她此时是兴奋得站在我对面的，是为了看清楚我们的游戏吧。

我说："秦哥承让了，知道小弟不喝酒的。"

秦安说："骆生高才，你喝一杯，这三杯咱们共饮相逢。"难得性情中人，我喜欢！

似乎，我热闹起来，我也喜欢热闹了。

我几乎意识到这个时候，莫陌又坐下了，在我身旁。

2

　　每个人的一生就好像一部电影，而他们就是那部电影里的主角。有时候他们会以为自己也是别人电影里的主角，但是可能他们只是一个配角，只有一个镜头；更说不定他们的片段早被人剪掉了，自己居然还不知道。

——《如果·爱》

　　过斗鸡山，那是漓江东岸的穿山与西岸的龟山，形如隔江相斗的两只雄鸡，合称"斗鸡山"。船过，回望，栩栩如生地浮现眼中。

　　本来，天地造物，随心所欲，自然天成，像还是不像，是还是不是，无非留给了人们许多想象的空间和玩味。人类的思维，是创造性的，发现性的。天地不变，人心却在亘古的山水间变化着。

　　再行到一个名曰"净瓶山"的景点。它形似半边古瓶倒卧江中，江水的荡涤，浑然成古朴典雅天然的瓷瓶，这就是净瓶山。

　　莫陌他们认错九马画山的时候，广播中没有依照当时行进中的景致来介绍，也许是反复地说，因此大家忽略了到底到了什么地方。

父子岩是漓江与良丰江汇流处的一座山，洞中有块巨石，似光头老人，他是父亲，洞口一小石酷似儿子，小孩模样。而每一座山，都会赋予传说，让其神奇而富有故事，以打动凝望者。这座山也是。传说是这一对父子不愿为财主当长工造船，躲避到了山洞中，天长日久就化为了石头。这样的传说并不神奇，我是这样认为的。

漓江最为美丽的是两岸风光。

有略显稀稀疏疏的人在行走着，他们应该是漓江的自由行者，在漓江岸堤上采撷四月的清风、阳光与水露。在山脚下，偶尔有男人牵着水牛，慢慢地在田埂上行走，他们走过阡陌小路，小路上野花散漫，陪衬着绿草松松，更显得青涩、纯真。这是野趣，也是漓江上不可多得的人文观景，机缘巧合才会见到或体会到这种农耕的闲趣。

"采菊东篱下，悠然见南山。"未必比得上漓江人的快乐生活。

到江水平缓处，多有滩涂。滩涂上小石子凌乱四布，有小小的水域被圈圈阻隔其中，形成一弯小水塘。

有浣洗的女子，弯着背脊，伸向江水的倒影中，躬身又蹲下，蹲下又站起，反复如此，在清冽的漓江水中忙碌。

这是多么古朴自然的一幅农村春景图啊！

我们指点山水，此刻一切的风景都是我们的江山了。忽听莫陌叫："看，那是野鸭还是白鹅？"我顺着她手指的方向，看见水塘中有一群嬉戏的健将，白白的毛羽，没人能分得清楚是鸭子还是白鹅。

秦安笑着说："莫陌，你下水去摸几只来，咱们一会儿到阳朔炖了吃。"

莫陌大笑说："好啊！这就去咯，看我的。"她展开双臂，摆出飞翔的动作，小裙子绷得紧紧的，线条很小巧，但丰腴结实。她一副陶醉的模样，是否紧闭了双眼我不得而知，我在她身后不远，我觉得她鼻息里应该灌满了清风阳光的味道。

漓江上有小筏子，小筏子上排列着三五只水鸟，他们说可能是鸬鹚。

我问是不是在象鼻山前看到的和游人合影的鸬鹚，他们说应该是。那是被驯化了的鸬鹚，失去了心性、山水中的野性，还有战斗力。

环境的影响，教化的力量，不但对人，对万事万物的功效应该都是一致的。

原始的东西，一经诱发，教导者所产生的影响力，关乎其走向和最终。遇见什么样的人，在什么时候遇见，他

（她）带给你的触碰，有些关键的人取决了你生活的方向，生命由此斑斓或沉寂，都冥冥之中有注定。

比如我和小乔。

小乔说："喜欢铁观音吗？"

"还好，蛮喜欢的。"

她浅浅地笑着道："我认识你许久了，你不知道我的存在。"

"哦！是吗？"作为男人，听见这样的表白，有些莫名的兴奋得意。

"是的。你的文字我都看过，你的忧伤是肖邦也弹奏不了的蓝调。"她故意将我的文字特点暴露出来，然后接着劝道："妄石，你要学会不忧伤。没有过去可重来，没有什么可以阻挡生命的前行。"

咖啡馆中钢琴悠扬，九点的时候，会有人驻场弹奏。

我们静静地不说话了。只有《致爱丽丝》在耳边流淌，小河似的漫漫悠长。

我和小乔，就这么埋首在时光中，这是夜月的一晚。小乔买单，她早划好卡了，我连客气一下的机会都没有。

走出喜悦咖啡馆，我总觉得我该做点什么呢？

小乔说："妄石，我们还会见面，在这里。"然后她挥挥手，消失在黑暗中。

我是酷爱易经、八卦的人，这源于我的师父德一和尚，他是九华山上一名德高望重的高僧。在我最艰难的一年中，他将我从黑暗的尖底中推上岸。他说，孩子，你尘缘未了，这是注定的。休养好生息，读懂了自己便下山去吧，这里永远是你的家。

他是我的师父，没有血亲，却有胜似亲人般的温暖。太阳有多炽热，他的爱就有多滚烫！

一辈子，一些人，一些事，一段情，一世不了的辗转，都是命运的旨意。

在桂林的丛山绿水中，吐露着清风，荡浆着云朵，每个人都会喜欢吧。

我想小乔也是。

如果小乔在，她会不会蝴蝶般地飞来飞去，像莫陌？

产生这个想法之后，心里便诧异起来，何时我会将一个陌生的女子与小乔相提并论了。

她们极像，自由的，快乐的，奔放的。

她们似乎又距离着千里之遥。小乔调皮，她说笑话时自己可以不笑，让你笑个不停。莫陌是一板一眼的，那种单纯却又干净的人，让你乐着去索取她的微笑和娇嗔。然后在她的转身中，一个男人的喜悦油然而生，眉梢间都溢满了笑容。

她们一个进，一个退。一个机警，一个藏拙。

但她们都是善良的女子，我不会看错。

善良之于我，重要无比。我的世界里，没有小聪明的女人。我不点破自以为是的女子，但未必欣赏和喜欢。

3

> 人生下来的时候都只有一半，为了找到另一半而在人世间行走。有的人幸运，很快就找到了，而有人却要找一辈子。
>
> ——《玻璃樽》

电话响起的时候，一群人正在哄堂大笑九马画山是误入歧途的引导，闹笑话了。

秦安却说："不经意的错误是最美丽的遇见，比见到真正的九马画山时更有意义，而且更快乐。"他对我说，似乎也对自己说。

我们站在壁立的山崖下，和许多仰望攒动的人头一起，有人大声数着马匹，有人伸出手指一个个地点拨，也有人静默在马匹下，注视、微笑着。我在他们中间，显得落寞而孤单，不是身形，而是内心的索然。我早已没有马匹了，丢失在长安城外，脱缰而去，我不能驾驭我的骏马，也无法给予它们雄壮的身姿，立于万马中央。

我的马匹，豢养在心底里。我知道它随时可以奔腾，但却不能奔腾。它的放肆，会让我忐忑不安。

山上的九匹马也罢，一匹马也好。我想有一匹和自己心心相印就好。它会是人生信仰中最得力的朋友，不离不弃。

信仰给了我们胆魄，给了助推，也给了力量。让我们的心始终不会老去，死去。

电话是婉余打来的。

不等我答话，婉余生气地说道："骆生，我还以为你多么爱你家的'路虎'呢！被美女蛇缠住了小心肝吧，几天没一个电话。"

"还好，托你的福，蛇没有，美女有一枚，在我旁边呢！让她和你说说话？"我调笑着。

"切！骆生，就你那胆儿，给我骗个妹妹回来，嫁妆姐包办了。"婉余没好气地回道。

我暗笑，这丫头真精明，知道我什么德行，是一个什么样的人。

我生命中出现的女子，实际上只有我的前妻和乔小乔，其余的那些网络女子，都是茶饭过后打发时间而已。

我是一个身心洁净的人。

小乔曾说："你写那么多情诗就是祸害，你写完走了，倒让不少女人落泪了。但我知道，妄石，这是你诉说的出口，你需要她们的泪水，来淹没你孤独的海洋。"

小乔见不得我写情诗，她趴在我肚腩上，说她是聂小倩，让我当蒲松龄。

我说："好，小乔是小倩，我是小倩她家的公子，这样总行了吧。"

她咯咯笑起来，挠我痒痒，说让你写，让你再写情诗……

我翻身起来抱起她，贴着她微荡的胸脯，从发丝一直吻到她心醉，呢喃不休。

我心道，小乔，再也不会了。你对我的好，不是用今生能报答的。

小乔不知用什么能量和手段，在不到一个月的时间，为我谈妥了一笔土石方的挖掘生意。她问我："妄石，如果有生意，你敢干不？"

那个时候，她还不知道我真名，上次我们并未自报家门，她还呼我"妄石"。

我说，没有我不敢做的生意。我有些自负，不过这是实话，我曾经也算生意场上的老手。

小乔继续道："不需要你投资，你带人手和队伍就行了，一个工地的土石方工程，接还是不接？"

我有一个落魄手机，偶尔开一下，小乔要了号码去，没想到她会打来。对于债务缠身的我，这是唯一的躲避手段。

我不想欠下这些。这些年，我走了二十多个城市，打工、开小馆子，我偿还了一部分小额的债务，我是极爱面子的人，信誉对我，比赚钱更重要。有时是这样的。

我这次回来，想将父母留下的房子处理了，最后几笔债务，我想再努力一下集中还清后，让自己堂堂正正做一个自由人。

我舍不得这房子，很自然，它是我最后一点念想了，除了它，我不知道我还能有什么，还能如何告诉父母，我活得很好。

和前妻结婚时，我们准备的是单独的新房，这套房子债主们自然不知晓，我才躲过了这一劫。背负债务的滋味，不是一般人能承受的，我努力想站起来，尽量保全这套房子，但是这些年过去了，我想我是没这个能力了。

小乔的来电无疑给我注入了一支兴奋剂。转瞬一想，这不会是闹剧吧。天方夜谭的事情会发生在我身上？

小乔似乎知道我会有疑问，便接着说："妄石，我希望你以后做一个作家，很棒的作家。这些生意都不适合你，你是天生的作家。"小乔的声音低沉，我听见了些微的浅叹幽幽。

"当作家与这生意有什么关系？"我好笑道。

"妄石，月底能组建好你的工程队伍吗？"

"没问题，你放心。只要不是假的项目，我这手腕还是能将一支队伍拉起来的。我有一个铁哥们，以前开餐馆的那位中学同学，他有些办法，我们一起搞。"我这样想着，一瞬间觉得似乎这城市的空气越来越好，也或许是小乔的味道飘散在空中了。

小乔，她是精灵，是我黑夜中点亮火把的人。

现在，我不知道她在何处，是否她也在想念我？小乔……

疼，在蔓延，无时无刻。

婉余是利索快嘴的女子，刀子嘴豆腐心。我一直认为她嘴太犀利，那些小黑马如何能降伏得了。婉余听见的时候，噗哧一笑，一副恨铁不成钢的样子。

就像她此时一样。

"骆生，什么时候回来？"

"还有四五天吧。或许十来天也不一定，看心情。"

"你就去疯吧，不管你家的'路虎'了。"

我连声道："它怎么了呢？"

"嘟嘟嘟……"电话掐断了。我连忙拨回去，才发现是船行到了移动信号的盲区。

婉余再来电的时候，温和多了，她从先前的抱怨、生气变成幽幽的叹息："你家'路虎'真难伺候，老跟着人转悠，差点吓着隔壁家的老太太，都抗议了好几次。这几天似乎不太爱吃饭了，低沉的模样，像我虐待它似的。它如果消瘦了，你回来还不找我麻烦啊。"

我说："你送佳佳宠物中心吧，这样你没那么累。"

"还是算了吧，也就几天，我觉得它是想你了。"

"骆生，赶快来，你看!"莫陌老远地叫我。

"我说骆生同志，你身边是谁?"莫陌的声音传到了婉余的耳朵里，婉余惊诧地忙问。

"旅游团中的朋友，大惊小怪干嘛。"我理直气壮地说。

"嘿嘿，不打扰你了。玩去吧，骆生，记着整几张照片，你懂的。"她补充道。

我懂?

还是不懂?

我望向莫陌，她张开臂膀，阳光在她身上翕动，她们相互迎合，接纳。

4

如果晚上月亮升起的时候，月光照到我的门口，我希望月光女神能满足我一个愿望，我想要一双人类的手。我想用我的双手把我的爱人紧紧地拥在怀中，哪怕只有一次。如果我从来没有品尝过温暖的感觉，也许我不会这样寒冷；如果我从没有感受过爱情的甜美，我也许就不会这样地痛苦。如果我没有遇到善良的佩格，如果我从来不曾离开过我的房间，我就不会知道我原来是这样的孤独。

——《剪刀手爱德华》

爱是一把剪刀，它将封闭的城堡，一点点地剖开，它缓慢，有秩序，爱抚地、甚至有温度地刺破肌肤。它轻柔，让紧闭的心瓣慢慢裂开、袒露，直至沦陷，不能自已。它是一把有魔力的剪子，没有人会拒绝它的温良驯服。人类都是它的阶下囚，永不翻身。

爱去，潮水退却。

爱到极致是一柄利刃，它依旧是剪刀，锋芒毕露，它会毫不留情地一夜之间剪掉爱恨万缕，它利索，可以将情感灼伤到万劫不复。然后，再在某次不经意间拾起，继续下一轮的游戏。

我不是一个容易动情的男人，真正的动情于我极少极少。

但我是一个重情义的男人，我容易感动，并且铭记。但凡滴水，我都储藏在心海，汇成温暖的河流。它们养育了我的生命和精神。我是一个缺不了爱的孤独男人，我需要大把大把的美丽情怀来淹没我，足够吞噬我的黑暗。

爱与不爱不是自己能说了算数，我守着盲目的兔子自己来撞上，这就是我的爱情观形成的爱情计策，不经意养成的。

莫陌见我走去的时候，她的笑很浅。她说："骆生，你能看到几匹马？快数数。"

"如果我数出十匹有什么奖励？"我轻笑，有些痞痞地说道。

她不假思索地说："切！才不会呢！人家说状元郎都不一定能看得到九马的。"

"我是神人！"

莫陌大笑起来，我则攒足精神气，为这小女子寻马匹。

"那肥臀，看到了吗？它能跑得动吗？"我问莫陌。

"它是马呀！"

"哦！是马都能撅着屁股跑吧。"我笑，继续道："那这一匹饮水思源的马呢？"

"专心喝水，会饮食的，它是享乐马，生活马。"莫陌嘴角翘起来。

"那肯定是小资马了，如果是我，我肯定让这马喝咖啡。"我编排道。

"你就继续骗人。"莫陌忍不住大笑。

我一本正经说："真的，莫陌。马也是感性的，它们也会消遣，会发怒，会笑，会流泪。"

我是小说家嘛，就会编。我这随口的话秦安倒是听得真切，他从旁边的人群中走来，调侃我是才子！

我告诉秦安，我和莫陌正在数马呢！

"多少匹了？"秦安问。

我还没开口，莫陌急着道："他说能看到十匹骏马，你说谁信啊？"

"还有一匹小马驹，这不就在我们身边了。"秦安不知是玩笑还是无意识地调侃，他正好将我想逗乐莫陌的小心思暴露无遗。

我想，这阴谋诡计被秦安识破，也算天意，谁让我酒桌上猜子赢了他呢。

莫陌这一听倒不好意思了，说道："你们都在笑话我了。"

"没有没有，不是我笑话你。"秦安分明把自己撇开，言下之意这是我在调侃欺负莫陌。

他这样的回答很高明，也乐趣。

人生需要各色各样的朋友。秦安很睿智，如果他是商人，他的才智也许为他创造的价值更为辉煌。可惜了，中国精英都往体制内的单位跑，和发达国家的人才就业取向大相径庭。

我是这么想的。

九马画山，其实应该说是十八马戏水，谁是谁的倒影，山上马，水中马，谁看到了最真实的自己。马匹们闲情逸致，不考虑这些，也只有人类这种兽类才会将简单化为复杂，将复杂变成哲学，将繁多梳理成体系。

镜子中，你看我，我盯你，我们都是老样子。

我朝秦安会心一笑，这是男人之间的懂，毋须解释和多言，彼此的握手在心里。男人的认同，是最可贵的。

有人说，女人喜欢的女人就是男人喜欢的女人，男人喜欢的男人就是女人喜欢的男人，读起来拗口，却道出了真谛。在女人世界中也活得讨巧和令人佩服的，男人绝对当她是宝，男人亦如此。我想我为什么被女子喜欢，是不是这个理儿。

秦安也是吧？

秦安说："莫陌，你这衣服颜色和青山绿水媲美呢！绿茵茵的。"

我望过去，和秦安的目光一起看向她，莫陌脸红起来，羞涩道："好吧，你说我是风景呗，我就自恋一下，是这样吧？是吧是吧？"

她调皮地眨着眼睛，不知要别人认同还是自己已经认同了。深褐色的眸，弯眉挑起，表情无辜，煞是可爱。一波波开始燥热的阳光，在她的睫毛上、散落的头发上泛起轻轻的光泽，明艳艳的亮丽。莫陌不是陌生的陌，是静默的默，我从心底觉得，这词作为她的标签最适合。让人心安理得地想要靠近，吸附在她的神情里。

男人和女人，是螺丝与螺母，他们适不适合，不由世俗的眼光来评判，他们在不断地深入和扭动中，彼此接纳，融洽，调和，直到最后的离不得，这是过程。而真正看到结果时，或许结果已经不那么重要了，重要的是寻找自己的螺丝与螺母，而且希望一生眼光准确，在万万人中央，一眼就能记取他（她）的背影。

去牵莫陌的手，我有这样的冲动。

试着去尝试主动爱的滋味，这对我原来不是难事。虽然我并没有想要和莫陌发生点什么的刻意，但我的思想和感觉有些不随我了。

我笑，有些落寞。江风吹来，它让我冷静，站在世界外，看着人群嚷嚷地欢腾着。

5

> 说好是一辈子就是一辈子，差一年一个月一天一个时辰都不行。
>
> ——《霸王别姬》

桂林是一个少数民族较集中的地区，聚居着壮族、瑶族、侗族、苗族等 28 个少数民族，这是一个和谐美好的大家庭。桂林山水甲天下，桂林风情扬四海。

一方山水养育一方人，一方人造就一方山水。当壮族姑娘《刘三姐》的故事搬上电影荧幕的时候，撼动观众的不仅仅是裙带碧绿的漓江水，或是星点密布似的青峰峭石，还有桂林质朴的人。桂林人文，通过刘三姐、阿牛哥等众多人物的塑造，再辅以山歌对唱的具体形式，将壮族人勤劳勇敢、朴实大方、能歌善舞的形象推到了极致。刘三姐是气节凌然的，不畏权贵的，她在歌泉涌动中以特殊的方式斗倒了地方恶势力，她的聪慧机敏、美丽纯洁，就像清凌凌漓江水中盛放的一朵芙蕖，冉冉于中央。

一首《刘三姐》唱到今天，依旧歌声嘹亮，而其经久不衰的余音不断，同时丰富了桂林旅游文化，桂林的民族风情走上了大众舞台，走向世界的各个角落。

三月三，风筝飞满天的日子，壮族的"歌仙节"吸引了中外的游客如织。我们这一行人刚好错过了。莫陌、我、秦安，还有团里的其他人，我们望着漓江中的竹筏子，竹筏子在碧波中缓缓地漂行。筏子上有星星点点的人，看不清面容和性别。人在画中行，画在水中游，一派天然偶成的逍遥景致。

莫陌说："要是我们坐在筏子上就好了，脚可以伸到江水中，江水一定凉快。"她的语气中似乎有些许遗憾。

"也不怕水怪拖你下水，谁家姑娘的三寸金莲会让人看。"秦安笑道。

"莫陌的阿牛哥可以看的。"我无意喷出一句，出口才觉得轻狂了，有点口不择言。

莫陌发出两声婉转的"呵呵"，轻轻地，没有接嘴。

倒是秦安，打岔说："骆生就像阿牛哥。"他这一说，我和莫陌立马"噗"一声，欢快笑起来。

我用余光瞄向莫陌，她脸上分明有淡淡的红晕，神情迷离，有淡淡的忧伤挂在眼角，转瞬间又恢复如初。她突然转头朝我笑笑，说骆生的三姐呢？

"肯定是藏家里咯！自私的家伙，一个人享乐也不带出来。"她似乎自言自语，又似乎是对我说的。她是在隐藏一些情绪。

"骆生，我们来猜猜，从现在开始，遇见的船只，它们是单数还是双数，如何？"秦安插话道。然后说谁输了就要唱歌，当然，他也为自己找好了退路，让莫陌代替他唱歌。

莫陌没有声张，乖巧地听我们说，浅笑着。

我笑了笑，说道："好啊！"

"骆生你先选单双吧！剩下的是我的。"

"秦哥，那我不客气了，就选单数吧。"

"好！我双你单，让莫陌来记下来。"秦安安排工作一套又一套的，我有些服他了。

我和他在旁边谈笑风生，莫陌在甲板上认真地看船来船往。她静静的，肩有些消瘦，单薄在人群中，风拂过她的发梢，微微的卷起，又俯下。

莫陌和小乔也太多不同了。小乔是火中的栗子，燃烧时劈哩啪啦的，刚劲有力。尽管她大多数时候是温婉似水的，可一旦刚毅起来，八头牛都拉不回来。

她为我搭线的土石方项目，进展很顺利，从人员进场，到周边关系协调，甚至到挖掘机和运输车辆的联系，她都给了我相关的电话。她说："试试看，如果比你联系的价钱高，就用你自己联系的队伍。"我说好！

　　我不知道这女子有什么能量，整个工程期间，小乔再也没有出现过，电话也没有。我想过要给她电话的，但是我抑制住了。工程不完，我不好意思找她，如果能有些好收获，我会去感谢她。这做法很通俗，却在理。

　　矿石生意失败后的第一桶金，是小乔抛给我的。足足有十五万之多，我和合伙人，我的同学袁野，我们将工人聚在一起，好好地吃了一顿。五年多了，我终于从阴霾中看到了曙光，收到款项的那天晚上，我去了爷爷奶奶的坟前，父母安息在旁边，我拿了烧酒，他们喝，我也喝。风的呜咽，还是我的喉在颤栗，已经分不清了。

　　如果再有这样的三个项目，我将可以彻底浮现在阳光中，正正式式地走出来。

　　我是真的哭了！

　　人生何处不飞花。小乔，是我一定要好好感谢的人。

　　我将小乔的电话从手机中调出来，愉快地拨了过去，却被对方主动掐断。

　　我不好再拨，内心一下子也觉得凉了些。

　　是不是我没及时告诉她工程的进度，或许没去一个电话，又或许是我这个电话打得太迟了？

　　我的敏感，有时不是在自己吃亏上，而是在一些想表

说是骏马太野，驯服耽搁了些时日，说得那么风轻云淡。这丫头不做好某件已经开始的事情，她是决不罢休的。

婉余说四川很有看点，成都平原上沃土辽阔，走在大小巷子里，她就钻不出来了。

我说我最想去西藏，不过现在身体不适应，但总有一天我会去的。这句话信誓旦旦地说了很多次了。

婉余对此嗤之以鼻，不待我去实现，她在前年的时候就坐着火车进藏了。

这次是真的整整一个月，回来的时候，她也有了一块红红的印记，俗称"高原红"。

她说皮肤脆弱，经不起折腾，差点没回来了。"骆生，如果我没回来，你会来找我吗？"她说得可怜兮兮的样子，祈盼我温柔肯定的回答。

"你想得倒美！你不回来那是成全，高高的雪山，蓝蓝的天空，你躺在千年冰封下，再千年后出土就是活脱脱的古代美人了，那时你再活过来，想想看，婉余，千年祸害在，你多牛！"我大笑起来。

婉余恨恨的，充满了鄙夷的神情。

有婉余这样的朋友，一生足矣。婉余是这世界最懂我的红粉知己。提到红粉，我知道她会再次投来蔑视的眼神，知己这词，她倒还是会接受的。

她说:"我就是你的狗皮膏药,哪儿疼我就贴哪儿,你丫拽得很,还得随叫随贴随好。"

"那是当然,谁让你是丹药,太上老君的炼炉丹都没你的百宝箱管用,包治百病。"

"见过不要脸的,也没见你这样无赖的人。"

婉余说话刚劲十足,咀嚼起来有发酵的滋味,令人神清气爽的。我们慢慢胡扯,可以坐一下午不起身。

我和婉余在一起关不住话匣子。

和眼前不同,莫陌不说话。她的静谧,我感觉呼吸中有致命的气息在延展。

莫陌,她是我眼前人。我悄悄地看着她。我是寂寞许久了,还是我们都寂寞?

7

是不是我诚心诚意的祈祷,我就能回到生命中最美好的时光,我一直以为那就是天堂。那时侯,我最爱的女人陪在我身旁。

——《绿里奇迹》

想起之前经过黄布滩的那一幕,秦安指着对面问我:

"骆生，你看那左岸的两座山像什么?"

像什么？峰顶是圆润的，没有那么尖锐。我对望过去揣度，它们似乎审视着我。

我笑着反问道："秦哥，他们是不是想牵手啊，羞羞答答的地若即若离，不会是一对情侣吧?"

秦安翘起指拇，转头看向莫陌说："莫陌，你来猜猜看，他们是什么样的情侣?"

莫陌揣摩半天，直摇头，情侣还分什么样的吗？一男一女，不会是同性恋吧?

我和秦安同时大笑出声。

"笑什么，哼！要不就是这里的少数民族恋人，或者是刘三姐和阿牛哥?"

"莫陌，你想象力真丰富，逗晕我们了。"

"秦处长，那你说他们是什么?"莫陌满心期待地问道。

秦安再次点燃了一根烟，慢腾腾的，先吸出一口，然后吞进，神情十分舒坦。

他不着急，莫陌着急了，追着问道："这真是同性恋?"

我在旁边没笑背过去，这小妮子的脑袋确是与众不同，难怪秦安喜欢逗乐她。

"你们觉得僧侣和尼姑有爱情吗?"秦安不奔主题，闲扯起来。

"是人都会产生感情吧?"莫陌低首着回答,似乎在思考些什么。

"有心仪的漂亮姑子,我会陪她天涯海角,在她的尼姑庵对面,我建和尚庙,这样就人月两团圆了。"我半开玩笑说着。

秦安接过话,说我和他不谋而合。

这样的玩笑话,笑话不像笑话,调侃不像调侃,却能活跃我们快乐的细胞。

莫陌也笑,笑得脸上开出花来。

人与人之间的感情,男人与女人之间的感情,一经激发,能量无穷。

与心爱的人毗邻,未尝不可,也不是独创了。金岳霖追逐林徽因而居,这美谈,还在延续着,稍有文学修养和文艺细胞的人都有所了解。有些爱情的见证,看似不符合情理,却又在情理之中。月若有情月长圆,最痴不过金岳霖。

秦安凝望对面的山,轻声道:"那圆润的两座青峰,他们若离欲聚,情意千千,光滑如玉,是不是像姑子和僧侣呢?这两人相会,世间是容,还是不容?"

秦安似乎在问我们,又像说给自己听的。

红尘多烦忧,随风滚滚而去,千百年后,谁还记得谁,谁又说只有俗世的人懂得七情六欲,才能享受人间的爱恨缠绵？或许，佛前红尘，依稀有爱，便是大爱了！

我曾经对小乔说我要做和尚去，小乔说只要我敢去，她就去九华山当姑子。

我逗她道："你先做姑子，地盘控制后，我投奔你去，做你随叫随到的小沙弥。"

她哈哈大笑，璀璨如花。

我至今不了解小乔是一个什么样的女子，她是这样毫不留意地闯入我的生活，然后将我从沼泽地里拔起来，再然后我得了一场病，小乔非常霸道强硬地要求我在家休养，说三年后再复出，那时你棒棒的。

我的职业作家就是这样炼成的，确切说是坐家。土石方工程还在做，袁野主外做现场，我主内谈生意，我们搭配得很好。就是小乔不准我太操劳，说我这病是富贵病，得富养。曾经我一度以为我的肺病是绝症，后来才知道不是。我从这场病中惊醒，听从了小乔的建议，在家休养，主要是我也想写点什么，生命的珍贵，让我想留下些只字片语，告诉我的亲爱们，我来到这个世界上，我拼命活着，活得精彩，我还得美好地活下去！

我的收入其实是稳定的，但工程收入除了还债，我再也没有用过一分钱，我攒在一起，总觉得自己该这样做。我出来旅行的费用都是稿费积攒，我分得很清楚，挣一笔，我出去放纵一回。

婉余笑说："这样的穷书生，有点血汗的小钱就小资得瑟，二得还真可爱。"

"姐，范二是美德好不好！"我驳了回去。

婉余"啧啧"蔑视，但眼神充满了爱惜。她很支持我这样，心里想的和抨击我的那些话风马牛不想干。我清楚。

秦安是一位有魅力的男人，知识渊博，风趣幽默，相处这几天，我基本对他有一个初步的了解和感触。他的小眼睛充满了智慧的光芒，在他的镜片上一闪一闪的，有些捉摸不定的光束，增添了我对他的好感。这是一个有经历和故事的男人，我能感觉到。

他很会调节，也会生活，与身边的人和睦相处，个人魅力建立的感情纽带牢固坚实。

我欣赏这样的男人。

莫陌问他："秦处，你怎么知道他们是僧侣和姑子呢？我们就没注意，也没看出来。"

秦安微笑着没说话。

我知道广播中说了，莫陌不知想什么去了，是数船只太认真，还是天马行空？她没听见。

但是秦安的发挥当然不止广播中的片语，他提出的课题，近乎高深，这是一个随时思考、观察世界的有心人。

其实，我也是。

我和秦安有许多心有灵犀，但我们都不说破。懂得，就是最好的感觉。

我们现在所处的江面，微澜碧绿，蓝色的天、白色的云朵、青青的高峰、春色四溢的江岸，还有各处散落的人群，船上的游客，此时都是这人间仙境中的贵客，个个珍贵，样样活泼，不分彼此了。

天地造物，人和兽，人和物，人和日月星辰、风霜雨雪，都在同一片天下，同一块地上，这是谁的家园？我们的！

阳朔的岸堤越来越近，莫陌数船只，是单还是双，只有她一个人清楚。

8

我们要学会珍惜我们生活的每一天，因为，这每一天的开始，都将是我们余下生命之中的第一天。除非我们即将死去。

——《美国美人》

抵达阳朔的时候，天气燥热起来。

除了喝了一次酒，上了一次洗手间，我几乎都呆在甲板上。

莫陌大部分时间都和我待在一起。人多的时候，我们各自找乐子，看山看水看人山人海。人少的时候，我们搭话，说一些关于风景的话题，爱好，还有书籍。

她问我为何会看《西藏生死书》。

我为什么看？这话我其实也想问自己。

我看生死来去，看临终关怀，看奇妙的佛学未知，看生命的秘密。我从开始的颤栗和不解，到逐步平静地接纳，最终对这部书坦然承接。我是以什么样的心态一直看下去的，这并不重要，我收获了莫名的悸动，这才是实质。据说这本书在全球引起了轰动，脱销几次，足见书籍给人们带来的震撼有多大。

"莫陌，你也看过？"我没有直接回答她，反问道。

"嗯。"她轻声道，气息非常细微。

"那一定心得颇多吧。"

"还好，我对佛教很好奇，充满了幻想，你呢？"

"我是在网上无意瞧见的，就买了。倒是有意想不到的阅读效果，对我启迪很大。莫陌，你说上师真有那么厉害吗？"

"我相信！有信仰的人，他们都会相信他们的信仰有多么的神奇，而上师就是信仰的直接印证。他们将信仰付诸在上师的灵魂中，从一举一动，一言一语中去开悟，去探求，从而抵达解脱，那是彻底地粉粹所有的桎梏，像婴儿般的重生了。"

莫陌近似在讲禅，而受众只有我一个。她是对我讲述她的体悟，这是一种美妙的交流，只需静静地聆听，还有牢记。

当生命在时光中一点点地流失，我们并不清楚所剩的日子有多少，我们在那时又将去何处，或者会再次遇见我们彼此吗？

我们相视而笑，远处陌上流云，缓慢地，轻轻地来了。

听到广播中的提醒，我们该准备下船了。莫陌说："等一下，看还有没有船只驶来。"

她是当真了，这傻丫头！我笑，又不好出声。

"骆生，我们再等片刻哈！"她认真道。

"好，我等你，莫陌，不慌，他们会等我们的。"

莫陌高兴地说道："骆生，你猜猜现在为止船只是单还是双？"

我下意识地摸摸鼻梁，这问题好简单，不双就单，二分之一的胜率。

"莫陌，你说单肯定单，你说双绝不是单了。"我故意绕她。

"切！骆生，你说我赖皮呗，小心眼。"她投来鄙视的眼神。

"好好好！我是小人，数清楚了吧?"

"再等一分钟，等我！我等奇迹出现。"我猜这丫头肯定是输了，才这么紧张，她又不忍心作弊。认真善良的丫头，作弊了都会良心受到谴责的，我明白莫陌的真实意图。

"你看，你看！骆生，那边停着一个竹筏子，左边，在左边！"

莫陌兴奋起来，手指在我眼前晃动，对于单双，我看得不重要，她在意了。

丫头，不是唱一首歌吗？多大点事啊！西湖边我自个儿开音乐会，还害怕这民歌乱窜的地儿。我暗笑。

我最落魄的时候，生意失败，打工不成，我背一破吉他，在西湖边卖唱。谁也不能清楚我那个时候的心情，糟糕透了，几乎想沉入西湖底去，不再重来。

我的歌声，得到的怜悯，有时填饱肚子都困难，我依然坚持了一个月，最终熬过来了。

我的声音磁性，小乔喜欢听。

我洗澡的时候会哼唱着，小乔在床上也唱歌，我们两个疯起来的时候喜欢飙歌。小乔声音厚中有脆，婉约温存，女人味浓厚，她喜欢唱一些儿歌逗我："门前大桥下，游过一群鸭，快来快来数一数，二四六七八……"幼稚的模样，让我战斗力更强。我唱张雨生的，唱刀郎的，唱许巍的蓝莲花，我用高亢的音色占领她的池塘。

小乔说："你家的蓝莲花都种在我家的池塘里了，让你像小鸭子一样健健康康的！"这丫头思维活跳而敏捷，常常将不相关的事物串到一块，她说这叫天马行空。

但船上没有破吉他，也再没时间在甲板上唱。我叫着莫陌赶紧下去，别让他们久等了。

莫陌自己连跑带跳地蹿到了前头。

秦安向我们挥挥手，他一个人在岸堤上等我们，团里的其他成员已经在爬石梯子了。

阳朔的卖场很繁荣，四处都是各色各样的旅游纪念品。银饰首饰，民族服饰，山水虫鸟的国画，还有许多装饰扇：牡丹花的，古代仕女的，梅兰竹菊的，漓江风光的，小桥流水的……凡是我们能在平常见到的图样，在扇面上几乎都能观赏到。团里的成员躁动起来，第一次见到这种特殊的扇子，大家的脚步挪不开了。

秦安让大家自由活动，他在上面的路口等大家。

秦安确实是一位能读懂他人心思且可以成全美好的人，他知道团里的人都没见过这种扇子，便给足了时间让大家去欣赏和感叹。女子一生有这样的丈夫，是福气吧！

　　当然，如果一个人的心被一双眼睛完全透视，毫无躲藏地儿的时候，这种透彻，未必会带来安定和幸福的感觉！适当的糊涂，在婚姻成长中，更利于夫妻感情的递进和融洽。在事业上，通常上司也未见得会真正地喜欢这类才高心细人缘好的优秀男子，这是职场规则和游戏。秦安是否藏拙我不知，但是，我希望他能适当糊涂一些，我希望秦安在事业上能走得更远。

　　对于这位遇见不久的陌生男子，我很有好感！

　　人与人之间的际遇，是上苍赐予的偶然相逢，无论相识与否，问候与否，分别与否，冥冥之中在千万人中这么一次记取，就是缘分了。我和莫陌有缘，和秦安有缘，和这个团里的老老少少、男男女女都有缘，缘分就是这样奇妙。

9

　　　　我向星星许了个愿。我并不是真的相信它，但是
　　　　反正也是免费的，而且也没有证据证明它不灵。

　　　　　　　　　　　　　　　　——《加菲猫》

　　旅行者和旅游者，他们行走在天南海北，在青山绿水、

草原戈壁和名山大川中。我想，纯粹为了达到某地或某个景区的人，他们应该是旅游者，而将脚步化作生命翅翼的行者，应该是真正的旅行者，他们的步履有脉动的节奏，铿锵有力。

我不算旅行者，但也不是旅游者，我是介于中间的假行者。

我觉得婉余应该归纳于旅行者。她的行囊一次次空空，又一次次厚重，这样反复着，便是最好的积淀和收获。

我个人很喜欢这样的女子，自由、慵懒、本色，走哪儿都是一个样。她喜欢羊皮靴子，不带跟的，喜欢穿着带小洞洞的泛白的牛仔裤，喜欢大一号的 T 恤，将 T 恤的角挽上结。这丫头洒脱，张扬着青春的烧灼味道，既疏离，又平实，若即若离，倒让人产生美好的遐想。

梯子上的莫陌不是这样的气息，她有淡淡的芳气，有浅浅的笑容，有幽幽的离愁，她让人想要靠近，让人产生保护和疼爱的欲望，她有让男人袒露心怀的意愿。至少，我愿意，此刻，当下，我愿意为了这个女子，陪她一个摊点一个摊点地寻找快乐和发现稀奇。

每个女人都是一朵花，每一朵花都有自己的颜色、气味和姿态。世界上没有相同的一朵花，女人千姿各异，是最独特的花朵，有人说闻香识女人，其实女人的香，源于独特的体香，任何附加的香气，都是亵渎本身的美好。

小乔的香气中有机警的摇曳，逼着那些不适合融入一体的气味绕道而行。

小乔不用香水，不用化妆品，她用十多元一盒的宝宝霜，春秋天用，冬天也用，只有夏天的时候买一瓶护肤的水，阻挡干燥的侵袭。这不是节约，而是她的习惯，所以，小乔的香气中有浓浓的奶香味。

我是一个识香气的男人，我对女性的好感，很大程度上取决了这女子的气味，这是很怪异的心理。我想，或许这是我对母亲的留恋，我喜欢母亲散发的沉醉的气息，就是这些香味的综合，在我喜欢的女人身上都有。甚至莫陌也有。

眼前的女子，我有些靠近了。在不知不觉中，我的暖意淹没自己，我不知道是否淹没了她？

她目光清澈，转身在梯子上叫道："骆生，赶紧，时间到了，我们去集合。"

为何我们走到了一起，随时的，不经意的。我这才发现，从甲板上开始，我们两个似乎都黏在一起，望山看水，聊天打赌，没有消停过。

秦安手持一面旗子在远处招摇，得意洋洋的样子，他是找到组织了吧。

　　来接团的是一位小伙子，戴着一幅薄薄的眼镜，我从眼镜后面看到他的眼神，有笑意，还不算冷漠，我是这样评价他的。在旅游景点的导游，只有一个目的，赚钱。带的旅行团太多，他们在习惯、疲惫中，演示千篇一律的规定性动作，连每次说的笑话都一成不变，他们的知觉、嗅觉、味觉近似麻木状态，一波波地迎送来往的客人。

　　"我是你们的导游葛晓明，欢迎来到美丽如画的阳朔，接下来的两天时间里，我会尽力为大家安排好各项行程，让大家玩好，看好，吃好。为你们服务是我的责任和义务！"

　　在导游热情的宣誓中，秦安已经将人员情况默数好，告诉人到齐了。于是，这一群人先奔赴宾馆住宿下来，再等导游的具体安排。

　　我和秦安一个房间，莫陌住在我们隔壁。

　　这个福利是秦安争取来的，我见他分配钥匙的时候，作了不经意的小动作，莫陌便住在了我们隔壁。

　　这个是近水楼台先得月？对他还是我。我笑了，何时竟在乎起别人对莫陌的关注了。

　　宾馆设施只能用齐备来形容，旅游团的住地，各种设置能尽量齐整就不错了，不过还是比较干净，这点我在意。我有些许洁癖。

　　秦安什么都好，就是好一口烟。我觉得他是职业病，习惯了空闲下来就点上火，叼上烟卷，腾云驾雾的。我不抽烟，对烟的牌子了解不全，不过，这是软中华我还是认识的。

秦安的烟，档次不低。

好烟者，注重牌子的，只要有条件，都会给自己的肺松绑。烟害身体，直接迫害的是肺部，好烟的毒素，相比之下肯定少些。

我倒觉得秦安在乎的是好烟的气息，不是显摆，而是真正享乐其中。就像我们有些人喜欢喝老白干酒一个样，各有所好。

秦安也不再撒烟给我了，他知道我不是烟鬼，客套是多余的。

我们在宾馆中等待导游的召唤。说曹操，曹操还真到了，不过是和秦安先商量一些细节，我见没我事，便走下了三楼。楼下是繁闹的门市，熙熙攘攘的人群，攒动地游来游去。

阳朔外国人多，我只出来五分钟，一眼望过去，简单数了数，已看见不下五个外国友人，而且是年轻人，不太像是旅游团的人，他们是散着出行的。

这就是阳朔的特点之一了，果然闻名不如一见。

望向街口，有单车穿行其中，男男女女，很轻松愉快的样子。尽管骑车是体力活，亲眼看见这样的情形，体力活变成了快乐活！

"妹妹你坐好了，哥哥我在前头。"我改编了一下歌词哼唱起来，感觉很好。

"骆生，你在看什么？"

我转身，莫陌站在宾馆门口，白色的加长 T 恤，湛蓝的牛仔裤，头发卷起，一双蓝色的布鞋，她向我走来，笑意融融。

我似乎看到了婉余，不，还有小乔的样子，我突然不知道她是谁了。

为什么想哭？这一刻，我的鼻息酸酸的。

第四篇　疑是故人来

春的断章

这个春天的早晨，我独自坐在姑苏城外

寒山寺早课的钟声刚刚散去

透过温暖的光线，看一朵桃花飘落水面

接着又是一朵

身后的建筑还在纷纷地生长，路桥高架遮盖住了

许多葱绿

我必须屏住气才能听见万物生的气息

沿着一条小河寻找鱼群，水草开始疯长

我开始羡慕这些游动的精灵，它们把孤单吐成气泡

在春天的阳光下，五彩斑斓

我开始羡慕这些蓝色的水草，它们用柔情垂钓

垂钓春风里的爱情

垂钓圈圈涟漪里爱人的心

1

　　我明白，爱情的感觉会褪色，一如老照片，但你
却会长留我心，永远美丽，直到我生命的最后一刻。
　　　　　　　　　　　　　　——《八月照相馆》

　　"桂林山水甲天下，阳朔堪称甲桂林。"这是对阳朔风
情的无限褒奖。桂林山水的精粹，终归落到了一个叫阳朔
的地方。而这个地方到底迷醉了多少人，驻足过多少人间
过客，才有了这样流芳百世的赞誉？

　　婉余首饰店里有一张照片，上面是一个女子的背影，
她的头发散乱蓬松，亚麻布的上衣被一条较宽搭在肩头的
黄晕色碎花围巾包围，衣角做工不规整，米色的宽松亚麻
裤子，和上衣的颜色很搭，都是同类型的布料和风格。女
子抬起右手腕，刚好露出一只古色古香的镯子，镯子上隐
约有一些古老的纹理，做工精致，手上轻轻端起的咖啡杯，
似附有淡淡的氤氲，这是一幅古典气息与现代生活相互融
和的相片。

　　我对婉余说，这人一定是她，只有她这么慵懒，像一
只卷毛狮子狗。

那是前年了，我去婉余的店面，正好见到了这幅相片。我看中了那只镯子，想骗到手送给小乔一个惊喜。我怕婉余说这相片上的人不是她，也没这只镯子，尽管我知道这其实就是婉余巧妙的广告手段，她想显摆的就是那只镯子，效果就是有人去买下来。但是，婉余和我，经常演绎是与不是、对与不对、行与不行的相互抵触的游戏，大大降低了我的自信心，我要做的事，被她无情打击和拦下的不少。

婉余斜藐瞪了我一眼，说道："狗有我这么小资贵族吗？"她这话及时将我逗乐了。

我答道："我家的'路虎'就是小资派的，很适合戴这手镯。"

"就你这伎俩，该回哪儿去就滚回哪儿去，别在这里碍手碍脚的。"婉余下了逐客令。

我压根就没听她的逐客令，觉得照片里的地儿不错，质朴的竹藤椅子，斜阳抹过，有熹微的暖意，也有些许欧派的风韵。我以为是市内一家咖啡吧，想带着小乔一起去。于是，我问婉余："这是哪儿？"

"阳朔，你要去吗？"婉余似乎看透我的想法，鄙夷地调侃我。她是优雅的，神韵古典又洋气，她不说话、不爆粗话的时候都这样，她的小黑马们爱极了她这样丰富多彩的性子。

但她不是我的菜。婉余的自信在我这儿也降到了冰点，我们都是对方的镜子，能看到彼此的一切，并且毫无保留地说出来。这就是朋友！何况我们还是发小呢。

那时就有印象，阳朔这儿应该不错。

莫陌从身后窜来，欢喜地说道："骆生，听说西街好玩好吃的多，等会儿我们去看看。"她的神情充满了憧憬和期待。

我看她一副小孩模样，心中的怜爱之情又开始泛滥了，便说："问问行程，要不咱们一起去逛逛。"

"那我去问问，你等我，骆生。"她一阵风又跑上去了。

这是莫陌，一个时而内敛、时而活泼的四川姑娘。

秦安说她28岁，我记下了。她还很年轻，却有一双洞察世事的灵敏眼睛。

莫陌很有女人味，这是我愿意靠近她的根本原因，她的气息，让你自然而然地产生男人的气场。男人雄性刚毅的一面，需要柔和延绵来映衬，来体现特征和存在感，这样的显现下，男人会不自觉地体味到满足、接纳甚至徐徐的躁动，有那么一刻产生了触手温暖的冲动。

莫陌，她让我有存在感，自然而然地走进她的眼波里去，陷下去，沉浸下去。

"骆生，骆生，秦处长说我们这一路行船，有些团员累了，先休整一会儿，我们可以去看看西街了。"莫陌从宾馆里跑出来，心情大好，像得了棒棒糖的幼儿园小姑娘，一点点的奖励都是莫大的幸福。

宾馆到西街不远，我和莫陌穿行在人群中，笑着说这潮动的单车，很有学生时代的感觉。

我问莫陌："会骑单车吗？"

她说："四川平原上的女子，大多会骑车的。都江堰市区内地势平整，四通八达的街道上，最适合骑单车了。我当然拿手了。"

我欢喜，这样便好，可以一起骑双人车了……

我觉得自己有些猥琐起来，不自觉地找些和莫陌相处的藉口。这是躁动的心在作祟吗？

如果小乔知道，她会疼吗？这一瞬间，我想起了小乔，心，突然沉下来。

那些我生病的日子里，小乔操了许多心。

我们去郊外，那一阵子小乔要求我必须加强身体锻炼，便自作主张置办了一辆单车，一到周六清晨，她便会早早起来出其不意地亲吻我的耳垂，亲热地催促我不再睡眠，见我不接招，一定会再次使出杀手锏，挠我痒痒，她的手酥软软地搁在我的腋窝，我便忍不住会自动跳起来。我一直怕痒，小乔是知道的，我的弱点，都在小乔的摆布下，成为她收拾我的突破口。我的聪明才智在她面前无疑没有市场，即使偶尔耍耍也是不了了之。

小乔抱着我的腰肢，紧紧的，那是温柔而小巧的手，轻轻地落在我的肌肤上，滑润得我想歌唱。

此刻，我的眼睛里一片迷蒙，过去的一幕幕全都被放映出来了，它们蹦跶得厉害，让我没办法控制住自己的湿润。

"骆生，你看，还有双人的车子，骆生……"

我没有回话，莫陌转过头来，眼里漾着惊诧。转而温柔一笑，说骆生你看，那两个外国小孩。

我抬起头来，两个娇娇孩子，一个吃着小手，一个拿着棒棒糖，他们一只手各自放在妈妈和爸爸的手上，朝远方走去。温馨的一家人，阳光随着他们一路追去。

我和莫陌相视而笑，那是种简单的笑，简单的心情。

2

或许我活在你的心中，是最好的地方，在那里别人看不到我，没有人能鄙视我们的爱情。

——《茶花女》

　　我和小乔的第二次见面，是吃着火辣辣的火锅，庆祝我的土石方生意圆满结账。

　　我是太幸运了，还是上天太眷顾，不管如何，都是身边这位女子给我带来的奇迹。我准备开一瓶好红酒，感谢小乔。那时我还叫她清儿。她说："叫我小乔，乔小乔，我的名字。"

　　"我是骆生，要不咱们再握一下手，重新认识。"

　　"以后牵手吧！"小乔突然冒出这一句话，没有半分羞涩，也没对着我说，而是自顾自说的。

　　本来我还不知所措的，见她似乎没当一回事，笑着自己多心呢。

　　我招来服务生要酒的时候，小乔主动说："骆生，咱们要一瓶啤酒。"

　　小乔对酒一点也不喜好，也许是觉得这种情形需要喝点酒来表达心情。

　　她举起杯说："骆生，祝贺你！"

　　"是我应该感谢你，小乔。"我呵呵傻傻地笑着，将杯子重重地碰在小乔的杯子上。这笑，许多年没有过了，不是一个成熟男人散发着魅力的笑，我想当时应该是一个男孩清澈的笑。很纯净的样子，没有半分城府，这男孩他是对着自己亲人敞开着心扉，对，就是这种感觉，他放下心内的阻塞，全然地放开自己。

我为她夹菜，她喜欢鳝鱼、黄喉、蘑菇，因为我看见小乔的筷子在这几个菜品上出现的频率高。

她也有想为我夹菜的动作，我制止了。男人为女人夹菜，天经地义，何况对面这女子是我的恩人。我用"恩人"二字时，是非常虔诚、感恩的。

我和小乔在一起后，也吵过架，小乔气愤时厉声质问过："骆生，你是不是一直将我作恩人供奉？"

小乔很生气，是真生气了。那次也不知道是什么事情，小乔觉得很委屈，她认为是她对我的帮助，才让我们彼此走在一起了，这种感恩的情感，对小乔是一种打击，无法言喻的痛楚。小乔她是这么想的，而且一直存在这种想法，根深蒂固的。

我们的分歧，大多因为小乔在这件事上的敏感而引发了其他的争吵。唯一庆幸的是，每次过后小乔再不提及。可她这种沉默的掩盖，却实实在在存在着，而且是一颗定时炸弹。

我怕小乔伤心，我不愿意见她落泪。女孩子的泪水，对我的心是一种洗刷，更何况是小乔的伤心。如果说对小乔没半分的感恩情怀，那是假的，也是藉口。小乔之于我，不是简单的男女朋友那么简单。

　　我现在的生活，一半是为了小乔，我想和她结婚，所以一直将就她的意愿，写书，养身体。其实土石方生意主要还是我在协调的，袁野无非是跑跑现场、组织队伍、监督落实等。

　　我将土石方收入的钱，拿出一部分再投资，一部分存入了银行，另外资助了两个贫困的学生读书。我攒钱的最终目的，是想给小乔一个踏实温暖的家，嫁给我，我不想她受委屈。

　　我们一直没有谈婚论嫁。我离婚，年龄大。小乔是姑娘，年轻。我也不知道小乔是否愿意嫁给我，只好等待一些曙光来，等水到渠成。

　　所以我拼命地攒钱，拼命让自己强壮起来。我为小乔，是感恩，还是感情，需要分得这么清吗？

　　我爱她，依恋她，离不开她，我不知道她知不知道。

　　回忆是一柄看不见的利刃，随时可以将人置于死地而后快，见血封喉。莫陌的善解人意，化解了我的尴尬。

　　莫陌温和，小乔热烈，她们同样都善良。这是我对这两个女子的评价。

　　我和莫陌朝着人流量大的地方去，那是去西街的道路一准没错。这西街从不缺人气。

　　莫陌到宾馆后洗漱过了，穿得很休闲，青春靓丽。我自然地年轻起来，这是物以类聚的作用吗？反正，刚才的忧郁，如一阵风地过去了。

莫陌指着前面说道："骆生，你看，好多人，好多店。"

我顺着她的手指望去，西街上的商铺一家挨着一家，房子是老式古风的，招牌有现代的、古色的，也有洋气的外国风情，各具特色，这么在太阳下一字排开，隔街对望着。

一个南方古镇和国际人文接轨，繁衍生出了阳朔西街文化，它在独一无二中透着中西合璧的完美风格。小街风情万种，小街上的人也风情万种。

汉语、英语、法语、意大利语、西班牙语，语言在这里交汇着。

沿街的屋檐和通道上，密密匝匝的，有桌椅板凳延展着，极具小资的情调，也有西洋的浪漫风情。喝咖啡的，喝啤酒的，喝茶的，比比皆是，他们散漫在街头或屋内，惬意地享受这种放松的环境和慵懒的时光。

商铺里的物品琳琅满目，工艺的书画、精美的首饰和各式各样的独特装饰物林林总总的招人眼球。游人穿梭其中，尽情欣赏或选购。

我们行进在这不到 1000 米的街道上，弥漫的都是悠闲的气氛。戴着耳机听歌的年轻男子，亲热的小情侣，三三两两的外国人，人头不断攒动着。

莫陌最钟情的是米粉，她兴奋道："骆生，你饿不？"

我当然依附说饿了，其实也是真饿了。

莫陌找了位置，问我要什么口味的。

"你吃什么我就要什么。"我答道。

"老板，先来两碗牛肉米线。"莫陌清脆地叫着。

她随即转过头对我笑笑，搓搓手，这种对食物的迫切渴求，让我也有了强烈的食欲。

我说："莫陌，你爱小吃吧？"

"嗯，还好，四川多呢！下次有机会来我们那儿，带你去吃。"

"我也会做，有机会，我给你做皮蛋粥，我的手艺一绝。"

"真的啊，我去黄山的时候吃过，有一家特好吃的皮蛋粥，我光顾了三次。"

这丫头说到吃就闭不上嘴了，换了一个人似的。

我一直笑着听她说话。

3

其实爱情就像等巴士一样，有时候你觉得这巴士好旧，不肯上；有时候你又会觉得这巴士怎么没有空调啊？又不肯上了；有时候你又觉得，哇，这么多人！于

是又不上了。等啊，等啊，天又黑了，心也急了，一见
到巴士来了，就跳上去！糟了，搭错车了！……但是你
浪费了时间又浪费了钱，而且你又不知道下一辆巴士什
么时候来。

——《每天爱你八小时》

秦安和导游说好，团里自己安排今晚的晚餐，大家聚
聚餐，说说话，喝喝酒。然后晚上去看《印象刘三姐》。

秦安考虑周到，也邀请了导游参加聚餐。导游经不住
大家的热情，高兴地留下了。

我摸着小肚子，看向莫陌，她也轻轻地笑着转头，我
们两个人各吃了两碗米粉、五个小糍粑，现在还是噎着的。
秦安说到吃晚饭的时候，两个人都打着饱嗝呢！

聚餐选择的是一家中餐馆，是导游帮忙联系的有当地
特色的地方。

漓江鱼和当地的特色腌腊菜是必点菜品，还有一道四
川毛血旺，秦安提到的时候，莫陌说这个好，秦安很自觉
地给点上了。

将两张方桌拼起来，秦安叫大家满上杯子，自己端起
酒杯说："咱们这个团有缘来相会，今日我做东，朋友们
有机会走到都江堰，欢迎来叨扰我，不来的，到时罚酒，

咱们先干了这一杯!"

秦安的领导艺术和生活艺术让人佩服,那种真诚的表露不是装的,让人心暖,情不自禁地将酒干了下去。

一桌人度过的晚餐时光,嚷嚷闹闹,和和睦睦,仿佛有了过年的气氛,这都是人与人之间建立的信任默契,然后开出的花。

不知谁提起晚上的《印象刘三姐》的话题,大家热闹地谈论开来。

我们都没亲历过,秦安说:"有发言权的在这儿呢!"一个请的姿势,很自然地将导游的话匣子打开了。

他说《印象刘三姐》是世界上最大的山水实景剧场,由张艺谋出任总导演,国家一级编剧梅帅元任总策划、制作人,还有新生代年轻导演王潮歌和樊跃加盟,历时三年半打造完成的。其中的服装各具特色,选用了壮族、瑶族、苗族等不同的少数民族服装,是集民族性、唯一性、艺术性、震撼性、视觉性于一体的艺术演绎,是一场视觉和听觉的盛宴。

全剧以阳朔书童山方圆两公里的漓江水域为主场,十二座山峰为大背景,构成了独有的剧场。现场的环境艺术灯光和淼淼的烟雾效果,创造出了如梦似真、如诗如画的视觉效果。这样的实景舞台,给人辽远、广袤、宏大的空间想象。山峰在灯光下时隐时现，水中镜亦幻亦真倒影着，飘渺的烟雨，月影波动，流水轻吟，有人踏歌而来，似凌波仙子般，芙蕖潋滟，由远及近，飘摇地来了。

晴、烟、雨、雾，春、夏、秋、冬，银、红、黄、黑、青，天气、季节、颜色等组合的现场，融民族风情、山歌笑语、漓江灯火和山水自然于一体，创作出了人文、风景、艺术等的和谐构造，成为桂林旅游中不可不看的一道景色大餐，享誉中外。

导游介绍得非常详尽，他在最后说道："你们今晚一定会有难忘的记忆。

大家都很期盼的样子。

莫陌问："可以带相机吗？"

"相机估计拍不下来的。"导游笑着回答。

我比较喜欢这种稀奇古怪、有特色的人文艺术。谈到这些，想起婉余也喜欢的。

她的世界里，对独特和唯一最为崇尚，行走中，她总会发现与众不同的人和事物，并且用相机记录下来。

婉余手中收藏的图片，我很欣赏，我觉得她可以办一次展览了。

我说："婉余，你什么时候办一次个人的旅行图片展览，我给你策划。"

　　这丫头只瞪着眼睛，没说话。

　　婉余的摄影水平在我看来，是非常棒的！

　　她比较关注生命和生态，一只流浪狗，一堵斑驳的墙体，一个乞丐的眼神，擦鞋的女子，担水的老妇人……一个画面，一个瞬间，一记回头，看似是无关紧要但却是生活的真谛。我见过婉余的相片后，内心的震撼非常大。我所了解的婉余，或许是停留在表象了。

　　其实，小乔的艺术感悟力也是敏感的。

　　小乔的钢笔字流利刚劲，走笔颇具功夫。

　　我问小乔是怎么修炼成的，她说是小时候的童子功。"我还会毛笔字呢！"她得意着。

　　我的字娟秀些，有时偏向女性的婉约，小乔说我的字和人太不匹配了，要我和她互换。

　　小乔的伶俐是随时的，不经意的，让你乐于跟进的快乐！

　　如果小乔来了，她喜欢《印象刘三姐》吗？

　　我想她一定喜欢的，一定。

　　我吃起酒来。

4

　　为了记住你的笑容，我拼命按下心中的快门。

——《美丽人生》

　　秦安、我和莫陌，这样从左到右的排列坐着，我们是普通的观众票，所以位置偏左一些。

　　露天剧场的布局，从我的视线望过去，是趋向右的，下方是弯弯一滩漓江水，抬眼处山峰接碧连天，右侧对岸有堤。进场的时候，一切显得平常的模样，看不到很特别的造型和装饰，这就是《印象刘三姐》的剧场？

　　我有些疑惑，不过眼前的人流告诉我们确实是的。

　　先前从进门步行到剧场，一路上风景不错，感觉清风徐来，整个道路干净整齐，环境和生态不错。莫陌说，这里和都江堰的晚上很相似，都江堰这个时候，四处的小河散发着水湄气息，整个城市都能闻到。坐在小河旁边的林荫里，要一杯清茗，约三五好友，平静而谐趣的夜晚生活，不必去 KTV，也不必去酒吧，感觉特别好。莫陌说的时候陶醉不已，似乎只有她的家乡美。秦安笑着调侃："这丫头就是打广告，想邀请骆生来吧。"

黑幕落下的黝黑中，谁也没能看见我的微微羞涩。

我倒是真想去看看都江堰，莫陌说青城山离都江堰就半小时的车程。我是一个喜欢佛释道的人，虽研究不太深，但有兴趣去体悟。青城山作为道教的圣地，是我愿意去感受的地方。

我说道："好，到时去拜望秦哥。"

秦安笑答："到时叫莫陌请你吃小火锅、川北凉粉。"

"肯定会让莫陌掏腰包的。"

"没问题，骆生来，保管你来过就不想走了。"莫陌大方地笑着答。

我会不想走？我摸摸鼻子，这话作旁人，什么都不会多想，我是敏感的人，总觉得这味怪怪的，似乎有巧克力甜腻腻的香气。

这是露天剧场，有点像回到小时候，夜幕下端着小木板凳，到不远的部队大院中去混一场电影。那时的电影场设在开阔的球场坝中，我们一群毛孩子不等夜幕降下，会提前去那儿爬单双杠、玩沙坑等。沙坑经常被我们设下陷阱，看见不小心中地雷者，我们便在一旁捂着嘴偷笑。这是每周二、周四和周六重复的快乐时光。

我们是看着露天电影长大的一代人，电影就是那时我们的精神食粮之一。

　　我记得大院中放映《高山下的花环》的时候，四处泣声一片，无论老少男女，都感动于无名英雄们的事迹，悄然落泪了。那是很纯真的年代，崇拜英雄的年代。

　　精神食粮，对如今熙熙攘攘、忙忙碌碌的人群来说，是一件奢侈品，人们对它漠视，它对人傲视。

　　《印象刘三姐》也算是精神食粮的补给。尽管这是一场匆匆而过的遇见，但它丰富的人文底蕴、多彩的民族风情、炫丽的表演形式和原始的舞台设计，让我震撼了！

　　我觉得张艺谋对红色情有独钟，《印象刘三姐》中的红色布局，有惊艳的效果，饱含着民俗的气息、热烈的气息和大胆的气息，我很推崇这种着色。甚至人群是红色的，天空是红色的，水湄是红色的，它们此起彼伏、若隐若现，在山水间延展、收缩和放大，带给人们不同的视觉冲击。我爱这红红的世界。

　　莫陌、秦安和我，我们三人没出声，团队中的其他人，有的欣喜若狂发表感叹声，有的交头接耳交流感想。

　　这种诡异的艺术设计扣人心扉，在唯美开阔的舞台空间内，演员出其不意地从水中跃出，从水中慢慢地走来，从水中逐渐地消失，他们不知从何处来，又不知瞬间去往何处了。

　　"银色。"莫陌突然出声。我看见黑暗中隐隐约约地出现星星点点的银色，一闪一闪地熄灭、点亮，一点一点地延伸、蜿蜒，构建出一座无形的桥段，吸引了眼球的同时牵制住大家的呼吸。不知道下一个动作会是什么？

在大自然的怀抱中，人们任由思绪驰骋飞扬，水湄中的艺术者是，看台上的观众也是，舞者、歌者、观者，是融为一体的，这是露天的演绎，谁是谁不重要。在这里感受到清风、灯光、月亮、山峦、竹筏子，它们交织在一起的美好情怀，收获满满。

异乡的土地上，异乡的夜晚中，莫陌陌生，秦安陌生，身边形形色色的陌生人，此刻并不陌生。

莫陌与我很近，她坐在我身边，我闻见了薄薄一层清幽的发香。

莫陌离我很远，远得呼吸都在远方，远方在哪儿？

她的偶尔飘摇，眼神中的忧伤，我看到了。不说，不问，但我有些担忧的心疼。

一个有故事的男子，一定有超强的直觉能力。我觉得莫陌在想念人，而那人未必想念莫陌，不然如何会满目迷离呢？

但我又希望是我多疑了，我希望莫陌是快乐的。善良的女子，唯愿安好，一生幸福！

小乔曾经也对我说过："骆生，你要幸福！"

　　不管幸福在哪儿，在什么时候，和什么人一起幸福，小乔给予我的，已经是我一辈子享用不完的幸福了。

　　而小乔，我希望她是迷路的小鹿，在森林中走失，又在阳光中的森林里苏醒。

　　小乔是成人，她的不出现，我没有报警。她不见后，我天天在全市新闻中捕捉，有没有什么比较离奇的事件发生，但是，那几天的新闻相当平静，我考虑再三，没有报警，我觉得小乔是有意躲避我。

　　我曾经问过做工程的马总："你认识小乔不？当时我们的工程是小乔介绍合作的。"

　　马总回想了半天，说："这人是谁？没印象。"

　　后来我也不好再追问，但是我知道马总有意地回避着什么，这让我感觉小乔很好，他们认识，或者间接的有认识的可能。

　　小乔，一定也喜欢这样的露天剧场，一定。

5

　　　也许每一个男子全都有过这样的两个女人，至少
　　两个。娶了红玫瑰，久而久之，红的变了墙上的一抹
　　蚊子血，白的还是"床前明月光"；娶了白玫瑰，白

的便是衣服上的一粒饭粒子，红的却是心口上的一颗朱砂痣。

——《红玫瑰与白玫瑰》

小乔是什么样的女孩？婉余说，一定是红玫瑰。婉余也对我说："骆生，小乔不简单，是不是你的菜，得看你这只碗了。"

婉余到底看出些什么？我不得而知。不过，我是不会放弃她的，除非她不要我了！

何时，我也这么的痴情了。男人，也想有一个家，特别是我这样一个缺爱的男人，我希望的伴侣，她演绎着双重身份，她是我的女人，也有我渴望的母性温柔。这不算怪异的想法，每个男人其实都希望如此，只是我更迫切罢了。

我曾对自己说，骆生，张爱玲说的没错："也许每一个男子全都有过这样的两个女人，至少两个。娶了红玫瑰，久而久之，红的变了墙上的一抹蚊子血，白的还是'床前明月光'；娶了白玫瑰，白的便是衣服上的一粒饭粒子，红的却是心口上的一颗朱砂痣。"她说得对，又不对。我爱红玫瑰，也爱白玫瑰，只不过，谁先出现在我生命里，那就是我的玫瑰。

小乔是玫瑰。

　　但小乔不爱玫瑰。小乔不爱，我便不送，我没有送过任何贴心的礼物给她。她说："骆生，要奖励我时，我们就去吃小火锅吧！"

　　小乔偶尔买香水百合回家插瓶，有时会是雏菊。栀子盛放的时候，床头柜、餐桌、书房，四处是小瓶喂养的白色的栀子，满屋飘散着好闻的味道。有时候，小乔喜欢指使我去换水，我成了花儿们的送水使者，这是小乔的霸道安排，我很欣然的接受了。侍弄花，无非侍弄心情和清新，小乔别有用心，她让我注重休息和调节，鬼丫头精灵懂事，却不说穿，这就是小乔善解人意的地方。

　　我的红玫瑰，凋谢了。

　　《印象刘三姐》，我想有一天再到阳朔，我会再去惊艳一番。我说这个想法的时候，大家异口同声的赞同。

　　步行回宾馆。阳朔这个地方并不是太大，旅游的气息还是很浓，出门特别拥堵，大家走着走着就走散了，还好我和秦安、莫陌，还有他们的两位同事，我们还没离散。秦安提议说："要不去酒吧坐坐，也许会碰到好节目呢！"

　　秦安的圈套，当时我们都没看出来，我和莫陌更没有感觉到的是，他给我下了一个圈套，浪漫的圈套，我和莫陌后来心照不宣的懂了。

　　"西街的酒吧，去哪儿？"秦安问。

　　我和莫陌小声笑着，下午逛了一个遍，就那么长的一条街，算是轻车熟路。

　　秦安带着大家去的一家，有弹唱，在门口就听见了。男人的声音，低沉浑厚，饱含力量。我们进去，见到一个三十多岁的男子，散漫地坐在对面的圆凳椅子上，眉头锁定，紧闭双眼，他抱着吉他，嘴角缓缓地流淌着歌声：

　　　　曾经以为我的家

　　　　是一张张的票根

　　　　撕开后展开旅程

　　　　投入另外一个陌生

　　　　这样飘荡多少天

　　　　这样孤独多少年

　　　　终点又回到起点

　　　　到现在我才发觉

　　　　哦

　　　　路过的人

　　　　我早已忘记

　　　　经过的事

　　　　已随风而去

　　　　驿动的心

　　已渐渐平息

　　疲惫的我

　　是否有缘

　　和你相依

　　这是姜育恒的《驿动的心》，很多年前，大街小巷十分风靡，如今极少听见，更何况在异乡的深夜里。在这个繁芜的酒吧里，在清风落寞的徐徐中，有这么落寞的歌声传来，那是孤独在涌上，我进门的时候是这个感觉。

　　我们五个人坐下，秦安说："我来点酒水，有人该请客呢！"

　　我笑着连道："今晚我来做东，莫陌你们吃什么，给秦哥说。"

　　这是男人的默契，我懂秦安的意思。唱戏就得搭档之间的配合，一记眼神，一个词语，一挥手势，就是传达。秦安懂我，我未尝不懂眼前这个男人，他想让我有机会表现一下。

　　为莫陌？这个我有些模糊，但是能悟到应该是为了莫陌。

　　小吃，啤酒，秦安很恰当地点了女孩子爱吃的，还有男人们的饮品，周到的细致入微。

　　我们喝酒，慢聊刚才看《印象刘三姐》的收获。

一样的体会就是——好！

好在哪儿？每个人的感受不一，有喜欢出嫁场景的，有喜欢山歌那一段的。秦安说："穿肉色紧身衣服站在高处表演的那位女子不错。"我们"哧哧"地笑起来。莫陌说："早知道这样，给秦处租一副望眼镜得了。"

大家哄堂大笑。

秦安一本正经道："男人喜欢这样，人之常情嘛。那女子的确是线条好，性感柔美。骆生你不喜欢？"他见我一起起哄，故意刁难我。

"和秦哥同感，呵呵。"

"嗯，这才差不多，不然我还以为我眼光好差劲呢。"他转头，又问莫陌："你今天船上数的是单还是双啊？"

莫陌看向我，比着胜利的手势，不说话，就笑起来。

秦安"哦"一声，说道："骆生懂了吗？"

懂不懂我都得懂，输赢与否不重要，我要给大家，或者说给莫陌唱歌才是真的。我和秦安打赌，结果接受"惩罚"都成了我和莫陌的事了，秦安办事滴水不漏。

"秦哥，你喜欢听谁的歌？"

"你唱的我都喜欢，莫陌喜欢最好。"秦安奸计得逞，笑得很开心。

我离开桌子，和弹吉他的男子俯首商量着。他作了请的姿态，将小小的舞台让给我。

我拨了几个弦试试，很多年没动过吉他了，也不知道还能不能驾驭它。

我拨弹琴弦，一种熟悉感涌上心头，它慢慢地靠近我的心扉，靠近我的曾经，靠近我苍白的过去。我闭上双眼，轻柔地唱起张雨生的《一天到晚游泳的鱼》：

　　　　情愿困在你怀中

　　　　困在你温柔

　　　　不想一个人寂寞

　　　　无边漂泊

　　　　就象鱼儿水里游

　　　　你的心河流向我

　　　　不眠不休的追求

　　　　一天到晚游泳的鱼啊

　　　　鱼不停游

　　　　一天到晚想你的人啊

　　　　爱不停休

　　　　从来不想回头

　　　　不问天长地久

　　　　因为我的爱覆水难收

　　我唱得情不自禁，闭上的双眼，我忽然觉得我的睫毛在飞，但我不知为谁唱。

　　为莫陌？

　　为小乔？

　　还是我自己？

　　在对面的灯光下，眼光处，莫陌晶莹的瞳孔和我的眼角一样，一直闪烁。

　　秦安回宾馆的途中悄悄告诉我："骆生，你有一副动情的嗓子，可以迷倒许多容易动情的女子。"

　　也许吧。我是喜欢歌唱的人，声线中浮动着凄迷和温情，有磁石一样的吸引力。小乔曾说："骆生，你只为我唱歌，好不好？"

　　这丫头怕我迷惑她人，希望我能是她独有的歌者，她知道我的好。小乔的聪慧，不是去管住你，而是你心甘情愿地为了她，什么都愿意做。

　　我是第一次当着认识的人，抱着吉他慢慢地唱歌。这也是我真实的一面，我在尽情地演绎我的情绪和感情。

　　一个有精神境界的人，只有用纯粹的精神的东西去打动她，才能与之共鸣。

　　这首歌，我是唱给莫陌听的，也是唱给我自己听的。这一刻，我非常清醒地知道，我想为面前这位女子唱一支心曲。

即使我们即将在两天后各自天涯，或再没有相遇的缘分。但是，这一天到晚游泳的鱼，总归也有不想再游的时候。

允许我们像鱼儿一般，好好地记住这七秒，这七秒的呼吸，然后将每个七秒幻作成永恒，永世不忘。然后，我会祝福莫陌！

6

> 我相信除了寂寞，缘分是男人和女人之间相爱的另一种原由。因为缘分而使两颗寂寞的心结合的爱情称为真爱。寂寞是每时每刻，缘分是不知不觉，真爱是一生一世。

> ——《花样年华》

自由行的轻松和美好，即是有空间，有选择，也有时间停留在喜爱的地方，或者选择更适合的路线，包括出行的人群搭档。

这次的组团，因为有了秦安的设计和安排，一切顺利而明快。不管任何时候，领头羊都是一杆旗帜，他的智慧、豁达和乐观一定会感染队伍。我们收获温暖，体悟真诚，还有四川人的火辣辣。"川耗子""辣妹子"，秦安说外地人都这么比喻四川男人和四川女人。幽默、敏捷，我不知道其他四川男人是不是这样的，至少秦安是。无论是在聊天时，还是在行动中和寂静里，都能隐约感觉秦安的性情和本初，还有被岁月淘洗过的圆润，他的棱角陷入了他的血色中，不息，却又无法拔根而起了。

莫陌性子似乎不是火辣的那种，但是，莫陌一定是胸有火辣的生命热能，我不知道她如何将它们灭掉，严实地包裹，并紧密地编织成一道坚硬又富有弹性的网，即使是细细的针也无法渗透，但她在渴望，我知道，愿有人懂她！

葛导游八点准时地出现在宾馆大厅，他挥挥小旗子，笑道："休息怎么样啊？"

大家精力还不够集中，没有人积极附和。

"我还行，不知道骆生如何？昨晚没听见他鼾声！"秦安故意大声取笑我。

大伙哄笑，葛导游也笑道："这阳朔的西街是艳遇街，指不定有人夜游了哈！"

他拍拍手，告知今天的行程，并故作神秘地说，为我们准备了最好的礼物。

十里画廊，群峰叠嶂，青山延绵，游阳朔，不会错过这一段极佳的线路。

莫陌坐后排，她在团里年轻，主动让位于老团员，自觉地不露痕迹。我陪着莫陌，但我心中有杂念，不能说破。总之，我挤在莫陌身边，有意？无意？我实在也弄不清了，应该让位于其他人，只觉得这是理由，很充分。

我们没有多说话。莫陌望向窗外，她手托着腮帮，沉默。

外面闪过一幕幕景色，翠绿的山头和斑驳的石灰岩在桂林无处不在，它浮现在时空里，坦然地面对直视它的来来去去的过往人群，只是默默的。

车外繁忙的车流，徒步的、骑单车的人开始穿梭着。车内葛导游和一群团员火热地交流，话筒声音很大，我却没有听见许多，这是旅游中必备的节目，就像我们炒一盘菜，一定会有油盐等不可或缺的佐料。

人在旅途，每一站都会有精彩的故事上演，比如葛导游突然对大家说："前面，我为大家准备的礼物到了呵！"什么样的礼物？大家都特别好奇。

车门打开了，冒出一个带着银色饰物的小脑袋，这是一张瘦小的脸儿，几颗跳跃的小雀斑调皮地分布在脸颊上，并不惹人反感，我不知道他们是不是这样想的。

她大方自然地走上来，脚上的小花鞋、不到膝盖的裙摆和土布的衣服，别有韵味。这韵味不是女人味，是典型的少数民族的装扮和少女气息，一下子吸引了大家的眼球。

秦安说："葛导游，这是你的辣妹子吗？"

大家笑，这秦安就是会折腾和想象。

"我是小渔，大家好哦！欢迎远方的朋友来到阳朔，来到十里画廊。"少女自我介绍道。

"你是小鱼儿，那花无缺呢？"不知是谁发出快乐的声音。

"花无缺哥哥在家纺织呢！今天让小渔陪伴大家，好吗？"她拉开喉咙，大声地问。

"好！有小渔，就有海洋在。"大伙儿的情绪被提起来了。

我的余光见莫陌脸儿在笑，甜甜地观察着，兴致好着。

"那小渔有你们，你们就是小渔的海洋，是这样吗？"

小渔很会调动游者的参与兴趣，一个人说话的导游，不是一个好导游。小渔是导演，她需要一个表演团队，随着她的指挥棒高亢歌唱，人人自觉入境来。

小渔的不断发问，赢得了大家的注意力和高涨的热情，车内的脑袋晃动着，刚才瞌睡的人都清醒过来。

"这位哥哥，"小渔含笑对着秦安亲昵地说："戴眼镜的哥哥，你好！你是我们族里的贵客哦！"

秦安转头对着后面的人笑，有些得意。他回头反问小渔："真是这样吗？"

"当然呢！不信吗？"

"当然信。"秦安的得瑟，引得车内哄笑一阵。

"我们民族的女孩子，对这样的眼镜哥哥，会暗许芳心，爱慕不已！"小渔的调侃，句句绕着秦安说。

莫陌睁大眼睛，侧过头问我："骆生，你说为什么秦处长这样的会受瑶族女孩子喜欢？"

我笑着说："这样聪慧的大叔，小女孩都爱，就像老鼠爱大米。"

不会吧？莫陌疑惑中。

小渔不揭谜底，继续咬定秦安不松口："哥哥，你觉得我身上的衣服漂亮吗？"

秦安是见过场面的人，他积极配合导游的工作，又乐在其中。

"衣服没小渔好看。"秦安赞扬得很真诚，没一点亵渎的语气。

"呃！眼镜哥哥戴着眼镜，就是更眼亮哦！"小渔和秦安，成了一台话剧的主角，我们在台下津津有味地品看着，同样入剧中。

"哥哥一定学富五车！你目光如炬，来猜猜小渔是哪个民族的？"

不仅秦安在审视这套少数民族服饰，大家的精力同时集中在了小渔的衣服身上。

莫陌说："骆生，这布衣服真好看，和藏族的服装风格迥然不同。"

"你经常看见藏族服饰？"我好奇地问。

"都江堰离阿坝州很近，是阿坝出来的要塞，必经之路。阿坝州的藏族同胞多。"

我"哦"了一声！就听见大伙儿笑了起来。

有人说是苗族的服饰，有人说是壮族的裙摆。小渔都摆摆手，她示意大家安静。

"眼镜哥哥，你眼睛贼亮起来了，一定知道！快告诉大家！"

秦安不慌不忙道："我也不知道，不过我可以猜一下，猜中小渔有什么奖励？"

秦安又来这一套！莫陌笑着说道："秦处长平时严肃认真，不知道他原来这么有趣。"

莫陌坐在我身边，使我充满了活力，而且，汽车的刹车或摇摆，让我自然地贴近她的衣裳，透着皮肤的暖，有些灼热滑向我的内里，激荡出一丝丝情不自禁，是久违了的女人的体温。这是我缺失小乔后的贪念，还是莫陌给予我的躁动，我很难分清楚。这个时候车上的空气里是粉色的气泡，不断流转。

前方，小渔大方地回应秦安道："眼镜哥哥猜中了，我送你礼物，可好？"

"那好，小渔可别抵赖哦！"

"我对服饰真没研究，不过他们将我想猜的答案都猜过了，都还不是，那我猜是瑶族，对吗？"

"难怪我们花瑶族的女孩子，都对戴眼镜的哥哥情有独钟，你们果然博学多才！"

"我不戴眼镜，就没这福气。"我像是自言自语，其实是轻轻地对着莫陌说的。我见她的耳根有些微红，不知道是空气的窒息，还是我微微的气息灌入她的耳旁了。我很雀跃，没有来由地兴奋起来。

秦安摆摆手，谦虚着推脱着美丽的赞扬，他说这会让人迷失自我。

"既然哥哥都猜中了，那小渔就送我们这里最好的礼物！"

小渔轻轻地启开嘴唇，瑶族原始的山歌风味弥漫在车子里。她哼唱得真情，落落大方。

大家沉醉在小渔的歌声里。我说："莫陌，她唱得有我好听吗？"

莫陌先是一愣，后哧哧笑起来，说道："骆生，你是女人呢？"

"切！才不呢！"我知道莫陌故意整蛊我。

小渔边唱边从身上取下一件东西，一个彩球。

"那是绣球。"我对莫陌说。

"你怎么知道？"

"因为我得过啊！"

"花心的人才得。"莫陌嘴角成弧线，埋汰道。

"现在只有你抛的我才要。"我轻声说着，生怕莫陌听见。

抛！抛！

大伙儿热烈地鼓动着。

小渔似乎不着急。其实是秦安不着急，秦安不接招，小渔这绣球便抛不下去，也抛不准。

小渔是导游，她的工作就是让大家旅途愉快，这些表演节目，也是赚些费用的一种方式。

我想秦安是知道的，但是小渔唱歌后，秦安一直没有放下承诺，让绣球有归宿。这是一个心里有乾坤的男子，他有他的人生哲学，不是舍不得小费，我敢肯定！

十里画廊也不是特别长的距离，这一折腾，便到了下一个景点。一直没出声的葛导游从旁边站出来，笑着说："大家喜欢小渔吗？"

"喜欢！"

"那就以热烈鼓掌，欢送小渔！小渔是十里画廊的实习导游，以后大家再到这里时，她会是我们这里最美丽最快乐的小导游！"

"谢谢小渔！"葛导游带头说道。

突然间，我觉得有些失落，转头悄悄地望向莫陌，有想抚摸她发香的冲动，很想！

7

　　缘分不是这样的。俩个人相遇，你喜欢我，我喜欢你，这才叫缘分。如果俩个人都不喜欢，就算遇上几百万次，都不算缘分。如果一个喜欢一个不喜欢，喜欢的死缠不放，不喜欢的想走，那更不是缘分，是痛苦。

　　　　　　　　　　　　——《向左走向右走》

大榕树不是阳朔最漂亮的地方，但是因为深厚的人文底蕴，便成了众多游客光顾的景点之一。

这株位于阳朔县城南高田乡穿岩村的大榕树，高17米，树围7.05米，硕大的树冠覆盖2亩土地，上遮天蔽日，下盘根错节，枝叶繁茂苍翠，是一棵有1400多年历史的古树。这里是电影《刘三姐》中阿牛哥与刘三姐对歌、抛绣球、情定终生的选景地，电影成就了大榕树的声名远播，大榕树的苍劲挺拔见证了他们爱情的坚贞不渝，他们在山水间，在榕树下生生世世共连理不分离。

在去大榕树之前，我们途径了闻名遐迩的银子岩。

银子岩古怪光离，溶岩瑰丽绝美，不虚此行。冷幽、雄浑、奇异构成了这里溶岩的特色，银子岩，银光闪闪的，晶莹剔透，雪山飞瀑流泻下来，壮美如一匹银锦，令人沉醉。石屏轻轻拍打出的美妙之音，清脆地贯穿在时空中，曼妙无比。瑶池仙境的美轮美奂，水镜倒影下，四处轻妙地变幻，令人应接不暇。银子岩是不可多得的石灰岩溶洞。

这稀奇古怪的天地造物，置身其中不知洞外事，乾坤已在洞中藏。我和莫陌形影并肩在洞穴中行走，莫陌很怕黑，她还恐高，有时我会默默地伴在她身旁，只为随时搀扶。

洞中有莹莹的光束照亮前行，莫陌似乎不经潮湿，说她膝盖有些酸痛，我说："莫陌，拉着我的手，将力气按在我身上。"她先是不好意思，而后悄悄地将手放在了我的手心上。

在莫陌愿意交出手的那一刻，我也说不清是什么样的心情，只觉得这是应该的，心中强烈地愿意为她提供雄伟宽厚的肩膀。

彼此的契合，我们反而没了言语，一直到了车上也是静默的。

我说："莫陌，前面是大榕树，去看看这千年成精的古树，有没有你灵气。"

她笑着跑过去，随着人流走向蓊郁的憧憬中。

大榕树的风景，一会儿就可以了然于目。对歌台的下面有一方水域，水域上有竹筏，竹筏上有小凳子。秦安说："一起上去对歌，有没有人赞同？"

大家嘻嘻哈哈地都要去，于是分成两个竹筏子，秦安别出心裁，分成男队和女队，说这样便于对山歌。

筏子不小，水域不宽，我们的山歌串串，有颤巍巍的走音，有唱《刘三姐》中的歌曲的，有唱流行歌曲的，还有唱《红星闪闪照我去战斗》的，对唱成了合唱。莫陌的声音很好听，温柔绵软，饱含深情。

大榕树周边有许多拍照片的人，将你在筏子上的身影一幕幕地拍下来，等你下筏子时，他们已经做好向你兜售，大多数游客都会成全照相者，既然拍了，那就收藏好了。

我和莫陌没要。

莫陌说："骆生，我们去大榕树吧！"

"好！"

我和莫陌想到一块儿了。莫陌拿了相机，不停地寻位置，找到最佳的角度后，她喊道："骆生，站过去。"

第一次在莫陌的镜头面前装酷，我手脚无措，有些放不开。

莫陌喊道："怎么像小姑娘，随意啦！放松，放松，说'茄子'。"

小乔也给我照过相片，但是那时不拘束，也不紧张，想怎么摆酷都行。

我和莫陌隔着的不仅仅是一层纱，而是无法到达的遥远，即将天涯。

我微笑，莫陌专注。我在莫陌眼里，是什么样子？

镜头下的我们真实吗？

秦安贴心地走过来说道："莫陌和骆生站过去，我给你俩拍一个合影。"

"谢谢秦哥，一会儿我们也合影。"我圆场道。我总觉得和莫陌合影有些说不清楚。

照片拍完，秦安说："骆生，走，我们去那边坐坐。"

我说好。

秦安点起一根烟问："这个团还不错吧？"

"挺好的，你们四川人热情大方，很好相处，又会照顾人，这一趟旅行我是享福了。"

"我们四川女子当然好了！"

我是说女子吗？没有吧。我说的当然包括秦安在内，但是秦安故意将男子去掉了。

"骆生是书生?"秦安燃了一口问道。

"嗯,以文字求生,卖文者。秦哥这也能看出?"

"莫陌说的,她其实看过你写的书,只是没告诉你,她很喜欢你的书。这丫头害羞。"

这有些出乎意外。我怎么也没想到莫陌早已知道我是一位网络小说作家,而且读过我的书,这让我很震撼。

"我写书快三年了,准备回去再写两三部后就做些正经事,到时如果去都江堰发展,秦哥得搭手哦!"

"只要我能帮到的,都没问题。你对莫陌怎么看?"

"莫陌吗?"

"是的。"

"她有哀伤,虽然浅浅的,若有似无,但是许多时候我都能感觉到。"

"那就对了!"秦安继续说,"莫陌本来前年和男友准备结婚的,房子买好了,家具置办好了,结婚证书也扯了,只等新郎从马尔康回来就办喜事,结果……"

秦安叹了一口气:"唉!命运不由人啊。在鹧鸪山的时候,莫陌未婚夫出车祸,去世了。"

我不知道自己该说些什么,我没想到莫陌遭遇的竟是这样的事情。

"骆生，每个人都有伤悲，莫陌很坚强，她比一般人想象的坚强乐观，她是善良的女子。我很想她能找到自己的幸福！"

我们望过去，莫陌笑着为大家拍照，眼睛清澈无比。

"骆生，从这里回阳朔的路不远，有自行车，你会骑吗？"

"我会骑车，怎么了？"我问。

"带莫陌骑车回阳朔，好吗？"我不知道秦安话中想要表达的是什么，但是，我明白自己只要去做，这就对了。

8

> 暗恋一个人的心情，就象是瓶中等待发芽的种子，永远不能确定未来是否是美丽的，但却真心而倔强地等待着。
>
> ——《熏衣草》

我不知道秦安是如何告诉导游的，也不知道他是怎么说服莫陌的，反正我和莫陌两人租了单车，开始了这不到十公里、却又希望漫长无尽头的路途跋涉。

与一车人挥挥手告别时，我看见他们眼中的异光，不过没有什么可在乎的。莫陌这次也是，很坦然地接受了我们一起骑单车的旅行计划。

我没有载过女生，莫陌提议我们每人各骑一辆，这样自由些。

我非常赞同，如此可以一起竞技一下，享受你追我赶的乐趣。

莫陌的骑车技术不错，虽然东摇西晃的，却稳妥。她炫着青春的飘逸，头发散落肩上，在迎面而来的风中，徐徐地翻起，翻起。

我让莫陌在前。她在前，我放心，而且我喜欢追逐的感觉，喜欢在莫陌背影中找到久违的战斗欲望。那是一种运动的力量和征服的倔强，陪着莫陌，却是保护的姿态。

莫陌不松劲，我也不叫停。

终于，在一个小食店门口，莫陌下了车，对着我喊道："骆生，来，喝点水，吃点东西再走。"

这次不吃水粉，莫陌点的是凉粉。

莫陌吃的时候说道："骆生，凉粉在外地极少，你也没吃过吧？尝尝，好吃呢！"

"嗯，不错，有姜蒜、酱油，还有醋、油辣子吧？"

"聪明！"

"凉粉就是需要这些，川北凉粉和自贡凉粉在我们四川最正宗了，不过，你来都江堰也可以吃到的。我请你！

嘻嘻。"

莫陌开朗地笑着。

"莫陌你怎么不来我的城市，老叫我去都江堰。"我假装抱怨道。

"我去找你，你不会不理我吧？万一你女朋友吃醋怎么办呢？"她调侃着我。

"那就凉拌，拌凉粉。到时你来，我给你做皮蛋粥，让你吃着吃着就不想离开诗城了。"

"我看起来就那么馋吗？"

"不，你不馋，你是天生的小猪。"我故意逗她。

"嗯。猪猪好，是好福气，我就做它好了。"

"还真是小猪猪模样。"我刮了刮她的鼻子，刮完后才觉得太过亲昵，但是，她似乎也没意识到，自然地接受我的亲昵。

我们笑着说，吃着笑。莫陌说："你先来都江堰，我再去诗城。"

"丫头是节约飞机票钱吧！吝啬的小女人。"我故意气她。

"是哦！诗城好远，万一你不见我怎么办？"

"那你去九华山找我，我肯定去出家了。"我的话，似乎是对自己未来的预测。后来，虽然我没落发，但是再次见到小乔，我消沉了许久，莫陌来到我的城市，是真的找不到我了。手机失联，信息失联，QQ 失联，我消失得无影无踪。我只是去静静心，可莫陌着急了，她真的到了九华山，住了快一周的时候，找到我了。然后，我师父说的九华山缘分，真的实现了！

骑单车是体力活，我的身体经过调养，早就康复。只是小乔依旧不批准我外出务工，我才继续蜗居坐家。她说明年才放我的风，还要根据表现才行。

小乔是很会做小吃的女子，她喜欢煲汤、榨水果汁等，早餐会给我熬七八种粗粮搅合打碎的羹，说是常吃粗粮对身体有帮助。

我的衬衣，小乔也会洗得香喷喷的。小乔说："骆生，你穿过的衣服都不怎么脏，你是干净的小孩，洗你的衣服是开心的事，不用那么多洗涤剂。"说完，她得意地笑，像是占了多少便宜似的。这样的小乔，很难让人不爱，她聪慧体贴，可爱淘气。

她加班的时候，我总觉得孤单，她是做财务的，决算的时候会很忙。她常对我说："骆生，我烧好了排骨，你热热就能吃。"然后她才出门加班。

自从和小乔认识后，我很少做饭了，小乔说要养我！

"骆生，我不会后悔一直给你做饭。明年，我带你去见他们，好吗?"

她的声音很低，我听懂了她的意思，但是，我怕!

我沉默，没有回答她，用下额触摸着她的鼻尖，温温的。

她说："骆生，痒痒的，别弄了!"

我紧紧地抱着她，不想放手，只想一直这样漫长地抱下去，不松开。

小乔就是这样，善解人意，又自作主张。

她会默默地打理好我想要的，她快半拍，我似乎一直紧跟着她的感觉，有时便觉得自己慵懒了。

我们偶尔去咖啡馆吃茶。小乔说那儿喜气，我想她眷恋着什么? 初相识的一见钟情?

我不全部这么看，估计小乔的生活，曾经就有这么休闲和小资的一部分。和我在一起后，她才融入我的窘迫中。开始时我囊中羞涩，到后来有了工程进项，才慢慢改善了我们的条件。小乔从不埋怨，甚至参与我们生活质量的大规模改造，她采取的方法是渗透、深入、细节、习惯等细微的手段，从质上改善，改变根本。

我用力地蹬着单车，奋力向前。

莫陌比我年轻 10 岁，体能很好，骑车丝毫不逊色于我。

但，现在的莫陌不幸福。我可以让她在我们相遇的时光里，完整的享受放下的过程。

莫陌，我们都要开心！

不管爱在不在，有些人在不在，我都在，你也在，就好了！

莫陌，等我！

9

> 谁会了解，生命中的过客竟会让我如此感动，感谢你给我带来的一切。
>
> ——《再说一次我爱你》

谁是谁生命中的过客，或者谁即将成为下一个过客。我们相遇，我们离别，然后再进发到下一个站台。

而下一个站台，转角开满了白月光，谁又在月光下静静地等着跫音的来到，再然后，有人轻轻地提起：在哪儿，好像我们见过？

那么真诚，她仰起头，像迷路的小羔羊，眼里全是似是而非的困惑。

在哪儿见过？我问你，也在问我自己。

我一直以为我不会再爱了。没有爱的憧憬，也没有了爱的力量，或许，也没有了爱的空间。有一个叫小乔的女子，她住下后，再也没离开过。她霸道地说："骆生，你的城池里，今后只有我这么一个王后，你要满足。"我宠溺她，城堡里种满了白月光，那是我对爱的承诺。小乔，天地日月星辰，我知道我不能改变许多，但我知道我不能遗失的，便是你一辈子的美丽。我不知道你的世界中，过去有什么，但我知道，你一定是上苍赐予我的今生最完美的遇见。

我在困顿中，走向你的夜未央，你起舞弄清影。小乔，我现在对莫陌的心动，是不是对我们爱的亵渎？我有些迟疑了。

莫陌喝水时不小心呛了几口，她的咳嗽将我的思绪打断。

"小心些，莫陌，牛仔裤都湿了，给擦擦。"我拿出纸巾想递给她，最后我俯下身子，轻轻地为她擦去腿上的一片潮湿。我的知觉，窒息在无法言语的情怀中，那是初恋也未曾有过的感觉。当然，我并没有一个能让人回味的初恋，我想这就是初恋的感觉吧。

莫陌身上散发的女人香，在微微汗渍里，更有一种无法拒绝或者无法推却的跟进。我小声呢喃一句：莫陌……

她"嗯"一句，声音里全是柔情。

我在这种暧昧的氛围中无法自拔，我不知道它将引领我向何处。

"莫陌，我们……我们开始走起吧！一会儿我带你去一个地方，你一定会喜欢的。"

她从沉醉中清醒，随即开朗地笑着说道："骆生，你来追我，我们比赛吧！"

十里画廊，一路苍翠欲滴，太阳花在荆棘丛生中绚烂绽放。

12元钱租一辆单车，可跑足整整一天，虽然我和莫陌只有大半天的时间，也是非常经济实惠的。阳朔人很有经营理念，到处有单车租赁，从不缺顾客，也不缺老板的大度，我们的单车是没交付押金的，这点出乎我们意料之外。我说莫陌长得诚信度高，以后贷款就直接带她去了，不用抵押不动产。

莫陌"哼哼"几声，说道："骆生你是人贩子，坏分子，我才不是货物呢！"

莫陌不同小乔，小乔遇见这样的情形，直接"呸"我，不留余地的。婉余也会，她还会还一记鄙视与冷漠的眼神，似乎在说我是"神经病"，但她不会说出口，让我自己去体味。

找到对接的租赁点，还了车。莫陌很大方地说道："骆生，我请客，你就甭招待了。"

　　我笑了，说："嗯，那你请好了。"

　　12 元，莫陌买了一次相当有意义的活动。

　　莫陌，若干年后，你是否会记得有一个叫骆生的男人陪你走过这一段风景？

　　莫陌，我现在就已经听到了离别的笙歌，它越来越近，越来越凄迷忘情。到了最后，你会是谁的传说？

　　西街是情人街，我们不是情人，但是我们坐在情侣座的对座，彼此凝视。莫陌说："骆生，我要吃两份牛排，行吗？"她嘴里塞满了香气。这丫头是饿疯了，小嘴张大成金鱼的弧度，煞是好看。

　　我说："行，莫陌可以吃一头牛了！"

　　"是呀，饿得我能吃下一头牛了。你太瘦了，也要多吃。"

　　"瘦是瘦，咱有肌肉！要不你看看？"我假装撩动衬衣。

　　"打住，打住，骆生，我是要吃牛排，不是看牛排！"她一本正经地说。

　　我笑了。

　　我们两个都是吃牛的，这顿餐很快就被风卷云涌似的吃完了。

　　你看我，我看你，莫陌现在有些不好意思了。

　　我故意笑出声，就是不说话，她"哼哼"两声，也没有说话。

"来点消食的？"我问莫陌。

"喝茶吧，你喜欢什么，骆生？"

"你点的我都喝。"我轻声答道。

"我喝铁观音，你也一样吧，嘻嘻。"

"莫陌喜欢铁观音？"

"嗯，还好呢！那香气好闻，我有时泡一杯吸气。"

"你这叫奢侈，还吸气。"我鄙视地回答她。

"我也喝啊，那气不吸进肺里，多浪费啊！"

"节约是传统美德，我第一次听说这样节约的。"我笑着。

"这叫会生活好吗，和你说简直就是对牛弹琴。"

"我就是牛，来自南方的一匹牛，真的。"我有些油嘴滑舌了。

"那好，牛同志闻闻，看看不闻是不是浪费呢？"

我将鼻尖故意伸向杯子处，满足莫陌的建议，不过，她说的是对的，不闻真是浪费了。

以前小乔喝茶时会有这样满足的神情，我当时不知为何，现在看来，是在享受茶带来的美好。每个人都需要自己细心去体会生活，我们忽略的，往往都是最美好的错过。曾经它们驻足于我们生命中，离去也未曾被发现。

如果可以，我想再陪小乔喝一盅好茶，就像初遇的时候，她落落大方地笑。

这样的下午时光，在阳朔的某一隅，我陪着一个叫莫陌的女子，我们望天，看人海，说一些无关紧要的话题，却是似曾相识的熟悉。

10

> 吻我吧，就像是最后一次吻我。
>
> ——《北非谍影》

给未来一个梦，一丝记取的念，在生命某次的假寐中，它会情不自禁地走来。

我想，在经年后，有一个叫莫陌的女子，轻笑着从我的睡梦中醒来。她是特别的，清浅的，带着栀子的发髻，朝我挥挥手。我在城中央，她在夜未央，驻进我的城堡。

她来，或不来。

我都会对她说，不为回首，只为阑珊。

莫陌，有些承诺，你不懂，也听不见。

我无法用语言诉说这份潜在的情愫，它让我走进温和的春天，没有凛冽，没有尖锐，也没有成熟的迂腐味，依旧是青草的香。我的爱，在散落中串起，又在串起中散落。

我们该留下些什么，为彼此，驻进永恒中。

"莫陌，若干年后，你还会记得阳朔吗?"我问她，声音有些低哑。

"我记得骆生啊!"不知是调侃，还是莫陌的真实心声，我都感动。

在阳朔的日子里，天气明媚，每个人都是好心情，我和莫陌就像两只流浪的小猫，慵懒地在有阳光的地方，晒着时光中的散漫。

"莫陌，我带你去一个地方。"

"好!"

我们并排着，默默前行。

这沉寂才是最有节奏的律动，不动于动中。

走进"慢饮慢递"，莫陌很惊喜。

我知道莫陌会喜欢。这样的女孩，她品味什么，需要什么，包括她们骨子里的硬度，我都能知晓，感同身受。我想，秦安也懂。女人心，海底针，一旦被相知的人识破，她们的心，就是一弯滩涂，赤裸裸地显现于你面前了。

慢饮慢递里很舒适，有人喝着饮料，塞着耳机想着什么，有人静静地填着卡片。每个人脸上都若有所思，低首着。

"莫陌……"我唤着她的名字，征询她的意见。

"骆生，你也来一封？"莫陌主动问道，正合我意。

我说："好！我们各自选择喜欢的卡片或礼物，给想给予的人！"

慢递是什么？我和莫陌是现代思维，不用介绍都懂。

慢递公司将顾客亲手写下的信件保留，在指定的时间里，邮寄给未来某一天的某个人。

慢递空间充满了想象，年轻的夫妇邮寄给未来的孩子，年长的老人邮寄给未来的孙子，情人邮寄给想念的爱人，丈夫邮寄给妻子以庆祝生日，夫妻邮寄给未来的结婚纪念日，甚至是邮寄给未来的自己……可谓五花八门的慢递业务，有点匪夷所思的新奇感觉。

莫陌用笔拨弄着下巴，正思考着。我在思考她写给谁，会写什么。

不过，我已经有了想法，我要写给小乔：

"小乔，除了想你，我还能做什么！你好，便是我一辈子的无悔！我把你遗落了，小乔，我无法原谅我自己，也无法原谅生命给予我的不公。为什么让我一个人独自承担这么多的悲欢离合？我的亲人，我的爱人，一个个地离去了。这是我的不好，还是世界太无情？小乔，你予我的，我无以回报。今生，来生，你是我最爱的独一无二的女子，白首不分离。小乔，我寄给我们的家，你定会收得到的。

骆生，于桂林阳朔。"

我深呼一口气，将这封无法寄出的信放到了桌子的边上。

莫陌在我对面的桌子上，嘴角翘起，她在想写什么？

我笑着埋头，提笔给她写了一封信：

"莫陌，这是在阳朔，我叫骆生，记得我吗？一个唱'一天到晚游泳的鱼'的落魄男子。也许你忘了我了，我们在十里画廊，单车上你跑我赶，我们追逐风走。莫陌，想不起没关系，记得一定要幸福！莫陌，其实我很喜欢你！你的温暖让我沉沦，我想到你的世界中去，只是我无能为力。在夜深人静的时候，如果你想起了我，那是我最大的幸福！我们都要幸福！三年后的慢递，不知你会不会惊喜呢？我会猜测的。我还会猜，你今天是不是给我写了一封未来的信？你不来，寂寞它在。莫陌，我是骆生，记住这么一个我，曾经去过你的世界里。"

"骆生，这是我的通联地址。"莫陌走到我面前递给我一张小卡片。

我笑了，这丫头猜我会写给她？

我赶紧将我的地址和电话一并奉上，说道："莫陌，千万别忘了也给我写一封哈！"

"才不呢!"莫陌假装掩饰道。

我知道这丫头一定给我写信了，但我不能确定她写的是什么。

会有惊喜，在某年某月的某一天吗？

一定会有，我坚持我的判断。

我们办好一切手续，阳朔的斜阳快要落下帷幕。我们自觉地走出慢递，朝宾馆的方向走去。

感谢秦安!男人的感动不用挂在嘴边。它从内而外地湿润着，在心田，在阳朔的水湄中，慢慢地浸透了。

秦安他们下午去了遇龙河，漂流让他们兴奋，回来后大家还津津有味地说着感受。

但秦安一直没有问我和莫陌的相处，我们一起在宾馆度过了最后一夜。我和秦安聊天，但凡能相互吸引的话题，我们都没落下，直到天亮眯了一会儿。

"骆生，今天就分手了，希望我们再见面的一天，我期待!"秦安拍拍我的肩膀，有些黯淡地说道。

"一定会有机会的!秦哥。"这样懂我的亲切男人，我第一次遇到，他是我的知己朋友。无论再遇见否，都是。

莫陌，有很多的情愫在我心中燃烧，可是，我唯有将它们彻底地打压在黑暗中。

　　对你不公，对我不公，对小乔更不公！所以，我们没有未来。莫陌，再见！

　　我的眼眶蓄满了春天的湖水，莫陌是柳枝。

　　谁在灞桥上折柳相送？

　　再见，桂林，我来过，幸福着！

第五篇　花重锦官城

春　芽

不管风有多劲，一口气爬上山崖

举起手臂，指向有你的地方。细数着这么多天风

沙的日子

终究没有一场大雪，铺满我们之间的黑夜

我不敢走出这悲苦的梦境，遍地都是你的影子

我宁愿去踩伤一块石头，也不想连累你的思念

像才露头的春芽，从热血的胸膛里破土而出

却发现时下寒冬

所有流向我的河道，一片冰封

但是，我还是希望你能开出花来

开得绚丽多彩，像极我们这么多年来的爱情

1

> 人家说爱情可以改变一个人。我发现我越来越帅，
> 越来越有魅力了，连头发也变成了金色。
>
> ——《堕落天使》

我的轨迹，我开始重新定位和运作。

在没有牵挂的日子里，生活简单，人生复杂。我将各种事情交错，将它们分门别类整理好。在未来的时光中，除了生活，就是投入到繁忙中，并不觉时间空了。白昼的白，黑夜的黑，它们都属于无聊人打发的光阴。我很充实，落寞随她走了，一去不回头。

"路虎"在我回家后，从婉余车子里迫不及待奔下来的那一刻，我感觉到了亲切，并体味到了人世间什么是相依不离的守候。它和我，缺失的一部分，并没因为人与兽而有所区别，我们一样需要温暖的爱护。"路虎"通透，有时超过了人类的感触。

"这没心没肝的家伙，它同你很般配，真见识了你们一家人。你一回来，这狗就姓骆了，真现实！"婉余恨恨地说道。

　　工程很累人，这几年正值开发高峰期，所以土石方的挖掘生意不错，加上小乔介绍的关系，如今还保持着良好的合作。项目多，需要各方协调的事情也多。

　　土石方工程经常在晚上的时候偷偷摸摸地干。晚上没有监督执法的人来骚扰，晚上车子也不拥堵，这样提高了车的利用率。虽然辛苦，但是，我很得意这些工程。

　　书偶尔会写，进展缓慢，有时依旧写诗歌，已经脱去更多的轻狂和暧昧，多了人生的感悟和对亲人的思念。

　　月圆的时候，在工地的旷野里，无疑是最难过的。

　　一个人，一轮月，一些无法回忆的过去。

　　小乔，我想她。很想！

　　偶尔我也会记起莫陌，她微笑的样子，甜甜地招人。

　　回忆是毒药，她们是植入我骨子里的蛊，都有自己的魔性。小乔是浓烈的，莫陌是淡淡的，隐约浮现着。

　　年关，是我们最忙最难的一个时期，这时是工程决算期，工人向我们要钱，我们向甲方要钱，这样循环着，事事相扣，既难又烦恼。但又得一件件处理好、协调好，以期待隔年的好收成。

　　除夕，零点一过，我会关掉电话，这是多年的习惯了。

　　这个新年，没有人会在午夜想起我，就像我不敢想起她们一样。

嘀……嘀……嘀…… .

谁会来电？我在洗漱间，听见电话响声，没有急着接起。

收拾停当，我拾起电话看了看，是陌生的号，我要不要回？

也许是打错了吧。我想，转而又觉不妥，或许是认识的人呢，现在是真正的新年钟声了。

我按下来电，说道："你好，我是骆生。"

"骆生，你好！新年好！我是莫陌，好久不见。"电话那头是温柔甜美的声音。

"莫陌，哈哈，你终于想起我了！"我笑着回道。

"是你没想起我，那我就先想起你呗！"莫陌不介意我的故意疏离和不联系，倒是大大方方地说她先想我了。

这是什么状况？

甜蜜而受人重视的状况，我想是这样的。这个新年，我的世界里充满了喜悦的声音。

"莫陌，我去你那儿，买好飞机票了，你要接待不？"我逗她道。

"你来？嘻嘻，来了当然请你吃饭哦！"

"不会是真的吧，什么时候来？"

莫陌连续发问。

"我明天晚上的飞机。"我扯得有点远了，似乎这玩笑一开始，我自己情不自禁地陷了进去。

"那好啊，我等你来，我们这里热闹呢！"

莫陌单纯，最重要的是，我感觉她希望能再见到我，所以莫陌的心是雀跃的。她完全没考虑我话语的真假，只觉得如果我去，肯定好！

我说："春天我去成都看你，那个时候桃花开了。新年好好地陪着家人玩。三月，我一定去！"

"那拉钩上吊，一百年不变。"这小孩子的语言都来了，我也服了这丫头。

"莫陌，我想你，你好吗？"

"我很好，你也要好好的！"

人月团圆，有春天的感觉了。

莫陌，三月，不见不散。我期待那一刻！

2

我宁可为呼吸到她飘散在空气中的发香、轻吻她的双唇、抚摸她的双手，而放弃永生。

——《天使之城》

莫陌的电话，让我的春天提前来到。

　　开春是耕作播种的好时节，我必须打理好这个季节，才会有秋天的沉甸甸。

　　有了约定，一切都不同了，我对事业充满了信心，战斗力非常强，我希望布好局后，就去成都平原。

　　杜甫的《春夜喜雨》写道：

　　好雨知时节，当春乃发生。随风潜入夜，润物细无声。

　　野径云俱黑，江船火独明。晓看红湿处，花重锦官城。

　　巴蜀，我有许多向往！

　　我抵达成都双流机场的时候，夜色已然降临，飞机外面一片迷蒙，只有一簇簇星光点点的灯火。

　　莫陌焦急没？飞机晚点了一个多小时，我很着急。

　　以最快的速度走向出口，我在远处黑压压的一片人群中寻觅着有没有熟悉的身影。

　　她站在侧面的通道处，挥着手儿，叫着："骆生，这儿这儿。"我奔向她，有一种久违的欣喜，也有酸涩一并涌上来。

　　"莫陌，久等了，飞机晚点。"我笑着说。

　　"你才辛苦呢！在飞机上待了这么长时间，饿了吧？我们直接去吃饭。"莫陌做出了决定。

　　我们到了位于杜甫草堂和锦里之间的一个宾馆，莫陌介绍说这里紧挨着好地方，宾馆不大，但是很温馨。

莫陌选的宾馆确实有眼光，布置得很喜气，基调是红色的，不刺眼，很舒坦。

莫陌说："骆生，你洗漱一下，然后我们出去吃东西哈!"

她离开房间，说她在 515 房间等我。

"好，我弄好了就去找你。"

这个宾馆，设计得非常恰当，将每一份空间处理得精致、细腻、暖心。我喜欢这样的感觉，莫陌懂我。

出了宾馆，莫陌问我："吃炒菜还是小火锅?"

我说都行。

她带我去了一家川味火锅，人流量并不大，我们是第二拨的客人了。

莫陌很会点菜，照顾我的口味，要了鸳鸯锅底，菜品也很对我胃口。

第一次吃正宗的四川火锅，我们要了豆浆，莫陌说可以降火锅的燥热，对身体好。

四川火锅麻、辣，果然名不虚传，汤面浮动着一层花椒，幸好莫陌要了白味的汤锅，我尝了些红味的，彻底被征服了。

这一顿火锅吃得畅快，莫陌烫火锅的样子很地道，和火锅一样火辣辣的，但她没一点辣的反应和不适。

莫陌说："今天你也累了，锦里离宾馆近，我们去那儿转转就回去休息。"

锦里是一个仿古街的里弄，大门高悬着灯笼，门口各个古建筑物上四处都是灯笼，在夜晚的微风中徐徐地荡着。

深夜十点过后，锦里人并不多，不远处有一家卖文房四宝的店铺，里面灯火通明着，还没有收摊。我们上前，莫陌说："骆生，你看那个挂着的毛笔好粗啊！你手儿都握不住。"我摊开手掌说道："才不呢！"

莫陌取下那支毛笔，将毛笔放在我手心上，她握着我的手，顺便舞起来，很自如的感觉。

我问莫陌："毛笔不错吧！"

"我本来就写毛笔字呢！当然不错了。"

"看不出莫陌还是才女啊！"我故作惊讶。

"嘿嘿，我乱讲的。"莫陌又改口道。但我相信她是全面发展的才女。

锦里其实很小，在夜晚下很清幽，空气中漂浮着寂静。灯笼也遍布四周，在树丛中，在水湄里，在屋檐上，全都跳跃着橘红。在这样温柔的环境里，莫陌和我并肩走着，她摆动的双手很诱人，我有那么一刻想去抓住她，牵着她走下去。

我们像很熟悉的老朋友，从机场见面开始就有这种感觉，没有半分疏离。

一圈下来，从原路返回，莫陌说："这里的肥肠粉好吃，明天我带你来吃。"

莫陌对吃的充满无限敬意，提到什么吃的，她都高兴。

"莫陌！"我轻声地喊她，她在灯火斜影处，长长地拖着月色的尾巴。

"莫陌，我想你，一直很想！"声音几乎只有我自己听得见，我怕她的反应。

"骆生……"她转过身，璀璨的星眸里饱含着如水的月色，她走向我。

"骆生，我很想你！"她哭倒在我怀里。我不知道为什么剧情会突然巨变，变得我们无法把控。

她哭得彻彻底底的。我心疼，心尖上痉挛，我抱紧她，轻吻着她的发香。

"莫陌，我来了，不哭，不哭！"

我们的情感几乎以一种迅雷不及掩耳之势的速度发展着。清晨的阳光照射在红色的屋内，一室的绮丽。我戒烟很久了，第一次有抽烟的冲动，我很感动，无法用言语来诉说。

莫陌还是姑娘，她将身体交付于我，该是如何的信任。我只知道她和未婚夫领了证，随后丈夫出车祸离开了人世，他们连婚礼都没办，莫陌就这么单着。我不曾想，莫陌的清纯，坚守得如此好。

我该以什么样的心情来对待醒来的她，给她一个未来，一个好的未来，我能吗？

我突然感觉到了自己的渺小，自己的无能！

"莫陌。"我轻声呼唤，吻着她的耳垂下，紧紧拥抱她。

我闻见皮肤中传来的清凉泪水，我将莫陌的小脑袋放在我的手上，轻轻地抚摸她的头。

"莫陌，我爱你，别哭！我会予你生活的全部，虽然我不一定做得最好，但我愿意为你，莫陌，相信我！"

莫陌"噗噗"笑了两声，细密的吻紧接着落在我的颈上，那么热烈而青涩，她说："骆生，你好好的就行了，我很好！"她的嘴里含糊不清，呢喃着，亲吻着。

3

当我决定和你度过下半辈子时，我希望我的下半生赶快开始。

——《当哈利遇见莎莉》

很多人和事都存在着偶然性和戏剧性，爱情也是。但爱情更多的是必然，它需要一个下种、酝酿、发酵、破土的过程，然后走进风雨中，承载考验和打磨，在秋天分享瓜熟蒂落的满足。

生命盛满了丰沛的水分，莫陌是一条涓流，她来，叮咚，叮咚，那么心安理得，带着青草的露珠，还有人世的烟火，汩汩地倾情而下。莫陌是坝上关不住的春水，她不是在向东流去，而是在爱情的推波助澜下，奏出激荡的歌曲。

三月的天，晴川万里，一树树的花开了，这个城市在微风的呢喃里苏醒，就像我和莫陌的开始一般，充满了对未知的美好描摹。

莫陌很美！做女人的时刻，是生命中最绚烂的花朵，我拥有着一朵洁白无瑕的花儿，这是我一生也没预料到的幸福！

爱情的故事，发生得奇奇怪怪，但又合情合理。

莫陌脚上的小羊皮靴子，蹬蹬蹬，和我的心情一般。我看着前面的莫陌说道："莫陌慢些，早晨我们慢慢走。"

"嗯，我是想让你吃好吃的肥肠粉呢！"

这丫头就是吃货，我笑。莫陌走在前头，微风浮动下，她的头发亮起来。

这座城市，是一切美好的开端，我没由来地爱上了这地方，"花重锦官城"，这样的诗意描写本身具有想象力和煽动性。

粉肠粉，我不能将它的真实口感道出来，我要了两份，莫陌给我添加了粉肠。这里的粉肠是可以单独添加的，喜欢粉肠的顾客吃得不尽兴，再上一碗又吃不下了，于是以这样的经营方式方便了顾客，真是无微不至的关怀，而商家赚钱赚心，一举两得。

我和莫陌对视而笑，心情荡漾着，然后抬头、埋头，这样反复地看个不够。

"多吃些，莫陌。"我体贴道。

"好啊，一会儿我们去看杜甫草堂，不远呢。"

"好!"

杜甫草堂坐落于浣花溪畔。诗情画意的名字，让这个地方不但充满了人文的厚重，单是听着"浣花溪"也有迷醉的感觉。这里是唐代伟大现实主义诗人杜甫流寓成都时的居所，在公元 759 年寒冬时，杜甫为避"安史之乱"，携家人入蜀，他建造、居住的几间茅草屋，俗称"杜甫草堂"。

"万里桥西一草堂，百花潭水即沧浪。"诗人眼里的杜甫草堂，别有风味的同时，总有一些激荡的沧浪情怀四起，这是潜龙在渊的感觉，体现得淋漓尽致。

现在的草堂以大廨、诗史堂、工部祠三座主要纪念性建筑物为主，它们坐落在中轴线上，宏伟古朴，典雅清幽，宁静致远。廨堂之间，回廊环绕，情趣别生，花径、水涠、亭台楼阁等辉映交错，既端庄大方，又僻静深邃，一派天成。草堂里的楹联，成了草堂的瑰宝，每每走到一处，都会有行人旅客品味其中，这是草堂独有的特色。

杜甫草堂是历史的，是文化的，也是老百姓的，走进它，没有感觉到其他园林的功利与做作，它是你生命深处可以驻足的地方。

在那一刻，我轻轻地牵着莫陌的手，我们走进草堂的春色里，它是我们的伊甸园。

莫陌会欣赏楹联，时不时地发表看法。我说："莫陌，你喜欢看书，也写文字吗？"

"猜猜？骆生，猜中有奖励哦！"

"写，而且写得很好！"我真心地夸她，我觉得莫陌就是文字之人。

"我看你的书，骆生。"莫陌似有所思，没有正面答复我。

后来我才明白，这丫头无意中在新华书店看见了我的书，便一直收集我的作品，比我自己还丰富。缘分原来竟是如此奇妙，不可思议却简单明了。

我们去繁华的春熙路，莫陌说我可以四处观望。

我问观望什么。

"美女如云！"莫陌笑容满面地看着我。

"我喜欢看！"我故意逗她。

她挽起我的胳膊说道："好啊，我们一起打望，你看美女，我看帅锅。"这丫头不示弱，与我对杠着。

"这办法好，就这么定！"

春熙路之所以是美女们的天堂，因为这里是闹市的消费区，有品位、高端、大气、上档次的女子都喜欢来这里淘宝，于是慢慢地这里就成了人们心目中观望美女的一个好地方。说起春熙路，对成都稍有了解的人都知晓这里，知晓四川出清水美人。

傍晚我们溜达到了宽窄巷子，这里也是成都的金字招牌。

宽窄巷子由宽巷子、窄巷子和井巷子三条平行排列的老式城市街道及其之间的四合院群落组成。2008 年 6 月，改造后的宽窄巷子与市民和游人见面了。四十五个清末民初风格的四合院落修葺一新，包括艺术与文化底蕴深厚的花园洋楼，新建的宅院式精品酒店也形成了各具特色的建筑群落，非常惹人喜欢。而更重要的是，这里的休闲氛围和品味空间，成了成都市历史底蕴与现代文化相融洽的最佳平台。

莫陌带我去体悟，我们在那儿吃饭，吃茶。

记忆从黄昏深处走来，慢慢地泛起粼光。我来莫陌的世界里，我也去了小乔的故乡。

去年从桂林回到诗城的时候，我用自己的生日数字打开了小乔的博客空间，小乔的一切如涓流，从我的心底再次慢慢淌过。原来，小乔的家乡在桂林，那是她生活了十多年的地方，童年、少年，她和祖母一起在那儿度过。

小乔希望带我回到故乡，回到祖母的坟前，她说她要告诉祖母，这一生，她会爱一个叫骆生的男人。

她在空间中设密的相片，我看见了一对夫妻和她的合影，他们神情贵气，小乔在他们的中间，笑得很甜，他们应该是小乔的父母，看起来有着一定的社会地位。

小乔没有过多提及她的家庭，反倒记录我们的点点滴滴。在她的空间里，我再次深陷，这也是我一直没联系莫陌的原因，我不能对不起我的小乔。小乔！我无数次地呼唤，但是她没有再出现。

4

你不能来我的世界，我就去你的世界找你。

——《步步惊情》

一次开始，比一次结束要难，难许多。我和莫陌的开始，难还是不难？

宽窄巷子给我们留下多少宽，又有多少窄我们无法拓宽，无法从过去走到另一端？

婉余来电话的时候，我和莫陌正准备踏上去都江堰的旅程，去莫陌生活的地方，一个崭新的开始。这是一个即将步入中年男人的新的开始，是一个新生。

这个电话它不早不晚，将我的美梦打破了。是小乔的惩罚，还是与莫陌的缘浅，我一时半会儿分不清了。

我很快踏上回诗城的飞机，莫陌什么也没问，她听见我对着电话低沉哀鸣的声音，她在身旁已经为我收拾好了行囊。我吻着她的脸颊，小声吐着气："莫陌，等我！"

我不知道这是安慰她，还是安慰我自己。双流机场的一场雨，一场带着土壤气息的春雨，钻进我的喉咙。我失声于雨中，莫陌从头到尾都甜甜地笑着，笑得那么凄美。那是眼波中荡出的绝望。莫陌，我该怎么办？

婉余在机场等候我，我们以最快的车速回到了诗城。

小乔在橱窗里，幸福地笑着，那是快乐在飞翔！

我看见她身旁的男人，温柔体贴地靠近她，将她呵护在心里和眼眸里。

他们那么般配，王子和公主的模样！

小乔，为什么？为什么！

我想冲进去，婉余拦着了。她说道："骆生，冷静，我会告诉你一切，你现在要做的是，祝福她！将她此刻的美丽，永远记在心底。骆生，没有背叛，也没有爱与不爱，只是你们缘分不够。小乔，她幸福了，这就是你最大的幸福，不是吗？"

我的泪，顺着玻璃窗中的人影，顺着长长的婚纱，慢慢地滑落。

"小乔从来没有离开过你，骆生。是你们离开了缘分的庇佑。骆生，这一切，是你们缘分不到，没能修成正果。"

我和婉余，坐在喜悦咖啡吧，我在这里失去了最后一份喜悦的心情。

我一直听她慢慢地说，慢慢地说着再与我无关的话题，无关的人——我和小乔曾经那么紧密关联。

"骆生，小乔曾经有过你们的孩子！"

我立刻看向婉余，想要紧抓住这最后的稻草，希望这能给予我最后的机会。

"她去医院检查身体回家时，被车撞了，昏迷不醒，孩子也没能保住，而司机逃逸了。发现她的这个男人，就是她现在的丈夫。是余浩送她去医院的，骆生，如果你是给予她快乐的人，余浩就是给予她生命的人。"

"小乔失忆了，她再也记不起你了。"

"余浩从国外归来，他家和小乔家是故交，两家人自然就撮合她们在一起了。而余浩不在乎小乔的曾经，他是真爱小乔的。他陪着小乔度过了七天的昏迷期，骆生，你要感谢余浩，是这个男人救了小乔。"

人与人，人生与人生，就是这么的奇妙，他们注定相遇，而我和小乔注定曾经相遇。

"小乔的父亲是企业家，母亲也打理着自己的独立事业。因为你，小乔和家人决裂，陪伴着你。骆生，这是无法用语言描述的狗血剧情，但是，一切是真的。"

"小乔一直在自己家族企业中担任财务总监，你的土石方生意，是她找关系给你办好的，垫资的钱也是小乔的。"

"婉余，可以不说了吗？我……"我再也听不下去。

"骆生，我在你身边。"婉余第一次这么温柔地对我。

父母的突然离去，让我失去了航行的灯塔。爷爷去世后，我的心内空了。当奶奶将一笔笔皱巴巴的钱送来的时候，我发誓，我要给奶奶最好的，要给奶奶一个幸福安定的晚年，可是，她最后什么也没等到就离开了。

骆生，你什么也没办到，你是一个懦夫，你是一个灾星。骆生，你连心爱的女人，为你付出青春和全部感情的女子，你也无法给予她什么，甚至让她差点离开了人世。骆生，你还是男人吗？

这一刻，我陷在悲伤中难以自拔，我甚至想结束生命，去和父母团聚。

"骆生，我知道你的疼，我曾经经历过。但是，小乔她希望你幸福。如果你不幸福，她陪伴你这几年的委屈，你生生世世也还不完。骆生，别做懦夫，我看不起你！你的亲人们在天堂也看不起你！"婉余似是看出了我的想法，她不断地劝说我，安慰我。

"骆生，我送你去你师父那儿，你好好地休整一下，再回到生活中来，以我喜欢的模样，再回来。"

婉余将我送到九华山。我师父在寺门前慈祥地看向我，一句话也没说。

转眼秋天到了，九华山的风光特别迷人，但我无心欣赏风景，一直活在后悔当中。

除了忏悔，我也想过莫陌，但越想越忏悔。我已经走不出自己的苦海，一个叫骆生的男子已经死去，他再也回不到人世间了。

"师父，我想皈依佛门。"

"你想好了吗？"

"想好了！"

"那好，等下个月19号我给你剃度吧。"

"好，谢谢师父！"

5

> 我情愿做个犯错的人，也不愿错过你。
>
> ——《似水年华》
>
> 9 月 19 日。

师父问我："骆生，前缘是什么？"

"什么也不是了。"

"骆生，情缘是什么？"

"什么也不是了，师父。"

"骆生，生命是什么？"

"是空。师父，一切皆空。"

"去处何方？骆生。"

"云水处，是吾家。"

"骆生，责任是什么？"

"师父，了无牵挂，无责任了。"

"存在就是责任，骆生。"

"父母带你来这个世界，你带给另外一些人一个世界，骆生，你没责任了吗？"

"师父，他们带走了我的一切，包括灵魂。我陪着他们的心，在这里为他们祈祷来生的幸福长远，师父，这就是我的责任。"

"你没懂，骆生。有一个人要见你，你想好要见否？如果你不见，我们就剃度了。"

"不见了！师父，我们开始吧。"

"如果这个人可以影响左右你的剃度呢？"

这世上，会有谁记起我？骆生，你是一个落魄的男人！我闭上双眼，等待尘缘了断。

"骆生，我来了！"

一双温柔的手，放在我的头发上，传递着无限的温柔。

"我和孩子，来看你了，骆生，我以为见不到你了。"

"我是莫陌！"

寺庙外钟声敲响，这一天，观音菩萨诞辰日。

6

> 给我心爱的女子，花一样的表情。
>
> ——《下一站，等我》

每个人都是幸福的。

你的幸福是一面镜子，不会说话，却拥有我所有的深情。

我和你，缘与份，故事有时候会流淌在似水流年里。

你说喜欢去看云朵，那我就牵着你的手一起奔跑在四季。

我指着蓝天说，我就是蓝天，你就是云朵。

说这些的时候，你一定就依偎在我的胸口，听我的心跳。

跟你说过很多次，我喜欢回忆。

回忆是需要底蕴和代价的，像午夜浪人，丢失了自己。

我回忆，是因为我看不到你。

每一次想你，我都会站在窗口看天空，假装轻松而固执。

当一朵白云从我的眼球里逐渐飘散的时候，突然明白。

蓝天其实一直很蓝，阳光一直很灿烂。

因为：

我爱着你！